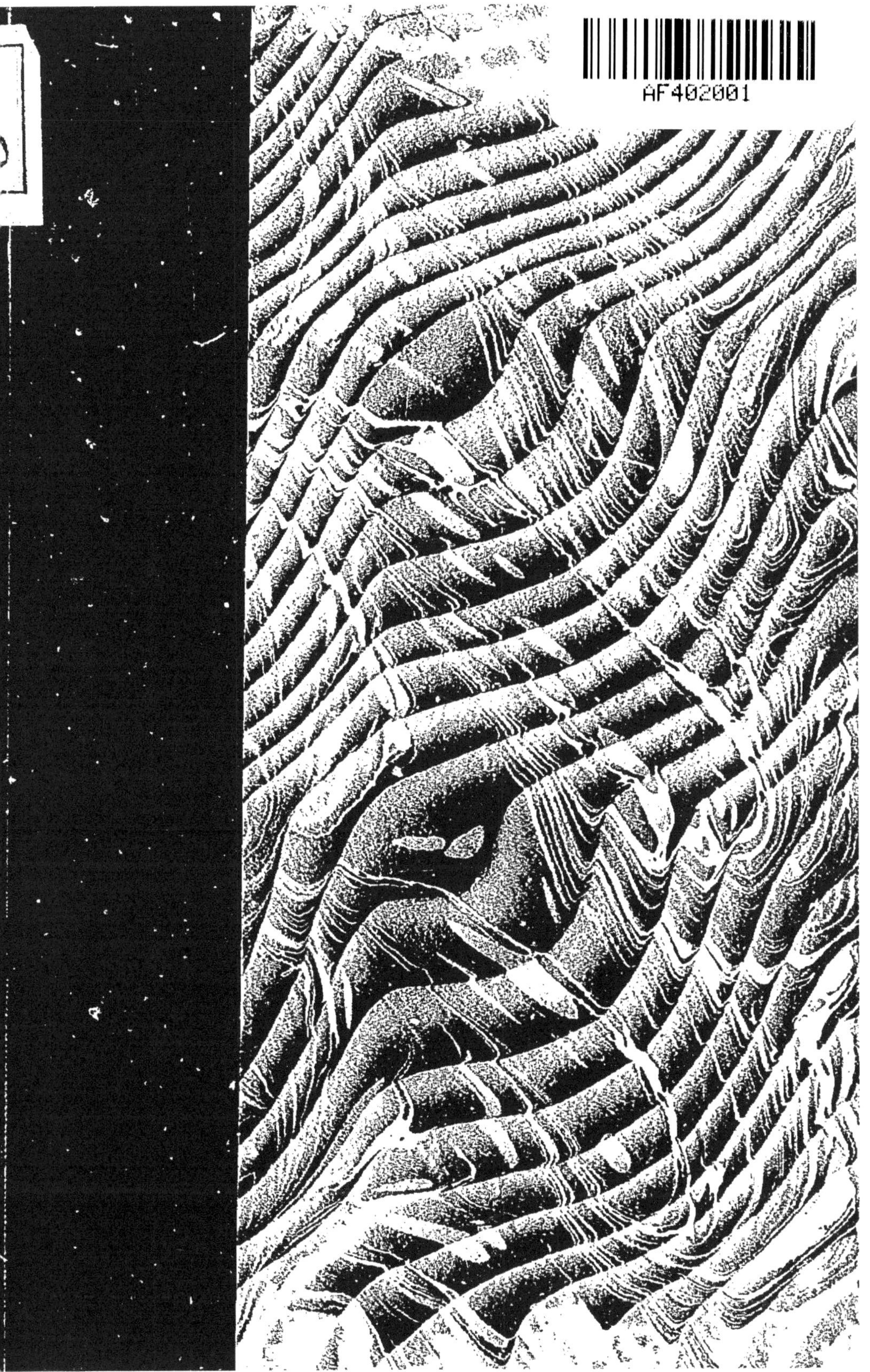
AF402001

SÉDIM,

OU

LES NÈGRES,

POÈME EN TROIS CHANTS,

PAR M. VIENNET.

* * *

PARIS,

PONTHIEU ET Cie, LIBRAIRES,

PALAIS-ROYAL.

1826.

SÉDIM,

OU

LES NÈGRES.

———

POËME.

IMPRIMERIE DE H. FOURNIER,

RUE DE SEINE, Nº 14.

SÉDIM,

OU

LES NÈGRES,

POÈME EN TROIS CHANTS,

Par M. Viennet.

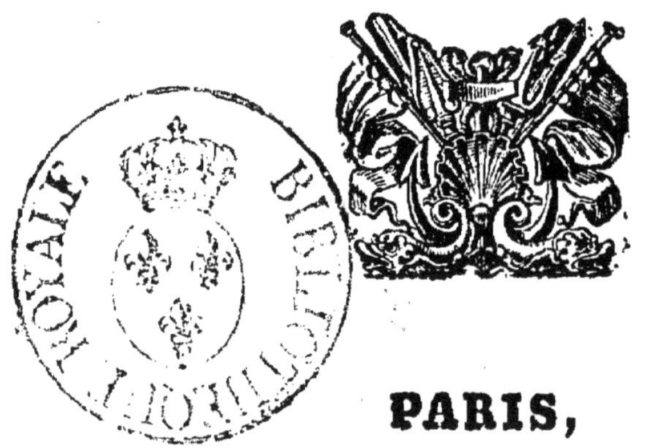

PARIS,

PONTHIEU ET Cⁱᵉ, LIBRAIRES,

PALAIS-ROYAL.

1826.

PRÉFACE.

Dans ce mélange de vexations et de flétrissures, de turpitudes et de cruautés, de préjugés et de catégories, qu'avait imposés à la société humaine l'empire de la force et de la sottise, la traite des nègres est sans contredit l'héritage le plus avilissant que cet empire ait légué à notre siècle. Son origine présente cette double bizarrerie qu'elle date précisément de l'époque où la civilisation renaissante luttait contre la barbarie du moyen âge, et que la plus grande découverte du génie européen fut la cause de ce trafic homicide où furent violées toutes les lois de la nature, de la morale et de la religion. Quand les avares déprédateurs de l'Amérique se furent partagé la terre et l'or qu'ils venaient d'acquérir par le glaive et la donation de l'impur Borgia, trop fiers ou trop lâches pour cultiver les plaines brûlantes qu'ils avaient dépeuplées, ils demeurèrent stupidement affligés de l'inutilité de leur conquête, et cette affliction, où le remords n'entrait pour rien, fut la première peine de leurs crimes.

Impatiens toutefois d'exploiter leur sanglant héritage, ils tournèrent les yeux vers un peuple innocent et pacifique, qui, placé par la nature sous les feux de l'équateur, leur parut plus propre que les serfs d'Europe à supporter les fatigues de cette exploitation et les rayons ardens du soleil américain. Il m'est pénible de placer à la tête des promoteurs de cet infame système un nom que les hommes sont accoutumés à prononcer avec une sorte de vénération. Le vertueux Las Casas, l'apôtre de la tolérance, celui qui, six ans plus tard, devait être le défenseur des Mexicains, et l'accusateur de leurs bourreaux, désigna les côtes d'Angole et de Guinée comme la pépinière des cultivateurs de l'Amérique dont la conquête lui semblait une atroce injustice.

Remarquons cependant que s'il eut l'idée d'appliquer ce système aux nouvelles colonies, l'esclavage des nègres avait précédé de trente-deux ans la découverte de Cristophe Colomb. C'est au prince Henri de Portugal qu'appartient l'idée première de cette importation de chair humaine. C'est pendant la minorité d'Alphonse V que Lopez d'Azévédo vint sérieusement exposer au sacré collège que les peuples infidèles, établis sur les côtes d'Afrique, en étaient les possesseurs injustes; et pas un cardinal n'eut assez d'esprit pour rire au nez de cet ambassadeur, quoiqu'ils eussent dans leurs rangs le fameux Æneas Sylvius Piccolimini. Le principe ne fut pas même contesté ; et Félix V, qui, après avoir quitté la pourpre ducale pour la bure de l'ermite, avait abandonné la besace pour la tiare, donna au petit souverain d'une province d'Ibérie tous les peuples, rois et empires qu'il pourrait découvrir depuis Ceuta jusqu'aux extrémités de l'Indostan. Il autorisa par sa même bulle de 1440, les princes portugais à traiter les nègres en esclaves, et Lisbonne devint le premier marché public de ces Africains expatriés. Ferdinand-le-Catholique en fit passer, dès l'an 1510, dans les Antilles ; et cet essai, que Las-Casas ne pouvait ignorer, lui inspira sans doute la pensée d'étendre et

1.

multiplier l'emploi de ces victimes de l'avarice.

Le plan de cet odieux commerce fut pourtant rejeté par le cardinal Ximenès, qui se montrait ainsi, peut-être sans le savoir, plus chrétien que le chef de l'Eglise. Mais le cardinal Adrien, que le crédit et les intrigues de Charles-Quint, son élève, devaient plus tard faire asseoir sur le saint-siège, revêtit de son approbation un plan que condamnaient toutes les lois divines et humaines; et un seigneur de Chiévres obtint en 1516 du ministère espagnol le privilège exclusif de la traite, qu'il revendit pour 23,000 ducats à des marchands génois.

Là nature de l'homme noir devint alors le sujet d'une longue et ridicule controverse. Les théologiens furent fort embarrassés de concilier les principes du christianisme qui proscrivait l'esclavage, avec la bulle du pape qui l'autorisait. Ils avaient cru devoir justifier le massacre des premiers possesseurs de l'Amérique en décidant que ces malheureux n'étaient que des orang-outangs, et le féroce Sépulvéda n'avait pas même vu un péché véniel dans la destruction de quelques millions d'hommes. Ils se hâtèrent également de calmer les scrupules des partisans de la traite, en rejetant dans une autre espèce de singes les Africains qui devaient en être les victimes. Paul Jove, qu'il faut distinguer des misérables ergoteurs qui remplissaient les universités d'alors, prit la peine de réfuter ces décisions théologiques, et parmi les sottises qu'on lui opposa de toutes parts on remarque une lettre d'un certain chevalier Goës, qui déclara que les Africains méritaient d'être traités en bêtes parce qu'ils parlaient arabe et qu'ils étaient circoncis. Ce raisonnement était de la même force que celui de saint Dominique, qui pensait justifier le massacre des Albigeois par le refus qu'ils faisaient de manger des œufs et du fromage. Les imbéciles qui provoquent la résurrection de ces terribles casuistes n'en rediront pas moins, pour la centième fois, que les moines nous ont conservé les lu-

mières de la vieille civilisation. Il y a je
ne sais combien de sottises pareilles qui
se propagent de siècle en siècle, et qui
trouvent toujours des bouches pour les
redire et des oreilles pour les recueillir.

Arbitre souverain de ces disputes, le
pape vengea les Américains et les nègres
de l'opinion absurde qui les retranchait de
notre espèce. Mais Sa Sainteté n'avait mal-
heureusement ni assez de pouvoir pour
rendre la vie aux victimes de la férocité
castillane, ni assez de bon sens pour re-
connaître qu'en laissant aux nègres le
titre d'hommes qu'ils avaient reçu de la
nature, le vicaire de Jésus-Christ ne devait point les condamner à une servitude

perpétuelle. Son zèle pour ces malheureux se borna à prendre soin de leur ame, et il recommanda à ses missionnaires de leur offrir le baptême en échange de leur liberté, sans s'apercevoir davantage qu'en les faisant chrétiens il ajoutait au crime de leur asservissement.

L'Amérique fut donc repeuplée aux dépens des nations africaines. Des milliers de noirs vendus par leurs frères, allèrent périr de misère et de fatigue sur la glèbe de nos colonies, pour assouvir la cupidité des héritiers de Cortez et de Pizarre, et pour fournir aux nouvelles jouissances des sybarites de l'Europe. La consommation de ces malheureux est épouvantable à calculer. Le travail et le climat en dévoraient le quart tous les ans. La Jamaïque allait même jusqu'au tiers; mais nous avions de la cochenille pour nos fabriques, du café pour nos desserts, du sucre pour nos compotes; et nous ne songions point à cette incohérence dégoûtante que présentait au milieu de la civilisation moderne la dégradation systématique d'une portion de notre espèce.

Cette indifférence ne fut point entièrement partagée par l'Angleterre. Quelques années avant la révolution qui, en donnant la couronne à la maison d'Orange, affermit la paix et la liberté dans cette île, une nouvelle de mistriss Behn, intitulée

Oronoko, *ou l'esclave royal*, avait fait verser des larmes sur la destinée de ces bannis ; et en 1699, le poète Southern, transportant sur la scène cet épisode romanesque, avait pour ainsi dire popularisé l'intérêt qu'il avait inspiré à ses lecteurs. Mais les Anglais s'essuyaient les yeux, et cinglaient vers les côtes de Guinée. L'Afrique n'en payait pas moins un tribut annuel de cent mille nègres à l'Amérique ; et ce monument de la vieille barbarie est resté debout sur les ruines de tant d'autres, qu'a renversés la philosophie du dix-huitième siècle, et que la stupidité de ses nouveaux adversaires croit pouvoir relever comme une borne ou une enseigne abattue. Il est même remarquable que les chefs de cette philosophie, si active dans ses investigations, se soient à peine occupés des malheurs et des crimes dont ce commerce homicide affligeait une moitié de notre globe. On ne trouve point dans Voltaire deux pages entières sur un pareil sujet. Quelques lignes de physiologie sur les Africains, quelques mots de philantropie sur leur avilissement, ont épuisé tout ce qu'il avait dans l'esprit et dans le cœur pour cette race infortunée. Cette insouciance est facile à concevoir. La traite et le sort des nègres étaient pour nous un malheur étranger dont l'éloignement nous dérobait le hideux spectacle; et les blancs avaient à secouer tant de chaînes qu'il leur était difficile de songer à l'esclavage des noirs.

2

Quelques soldats du bataillon philosophique nous firent seuls observer qu'à vingt journées de nos plages il existait des marchés d'esclaves dont la honte rejaillissait sur l'humanité tout entière. Mais ce n'est point de l'université de Cambridge que partit le signal de l'attaque, comme l'a dit M. le duc de Broglie dans l'éloquent discours qu'il a prononcé sur cette plaie de la société humaine; c'est d'une petite ville du duché de Clèves, c'est de Xanten que M. de Paw, auteur des recherches philosophiques sur les Américains, les Egyptiens et les Chinois, publia, vers le milieu du dernier siècle, une dissertation sur la traite des Nègres; et l'érudition originale de ce chanoine philosophe flétrit

l'impudente barbarie de nos marchands
de chair humaine. L'abbé Raynal, dans
son Histoire des deux Indes, n'oublia point
d'étaler toutes les horreurs de ce trafic,
et de vouer les oppresseurs des nègres à
l'exécration des siècles et aux vengeances
de l'avenir.

C'est après lui qu'arriva la dissertation
latine du jeune élève de l'université de
Cambridge ; et sept ans après, un qua-
trième ecclésiastique, l'abbé Grégoire,
publia ses Philippiques contre l'esclavage
des noirs et la tyrannie de leurs maîtres.
Les malheurs de Saint-Domingue ayant
suivi de près les déclamations de cet ora-
teur, on ne manqua point de lui attri-

buer cette catastrophe. Les oppresseurs de l'humanité n'avoueront jamais qu'ils sont les premiers, les seuls auteurs des révoltes que provoque leur oppression. Ils s'en prendront toujours à ceux qui la signalent. Du fond de l'abîme sanglant où les précipite leur tyrannie, ils accusent les gens de bien qui leur en montraient le danger, comme les criminels qui, en écoutant leur arrêt de mort, sont toujours tentés d'en accuser les avocats généraux qui ont provoqué les vengeances de la justice.

Le plus constant, le plus heureux de ces amis de l'humanité fut le célèbre Wilberforce, qui depuis trente ans ne cesse de combattre pour cette noble cause. Tho-

mas Clarkson, auteur du *Cri des Africains,*
une foule d'autres écrivains ou orateurs
se lancèrent après lui dans l'arène; et leurs
efforts leur acquirent en Angleterre une si
grande popularité, que le gouvernement
a été forcé de réaliser le rêve de la philosophie, en proscrivant la traite des noirs
comme un commerce indigne des nations
civilisées.

On a voulu voir dans cette décision du
parlement britannique et dans l'acharne-
ment des Anglais à la soutenir, un piège
tendu à la bonne foi, à la générosité qui
font la base de notre caractère national.
On a supposé à l'Angleterre l'intention
secrète d'anéantir le faible reste de nos

colonies, et d'attirer ainsi dans ses ports le monopole de leurs denrées. Je ne prétends point laver la conscience des ministres anglais de ces sortes d'imputations. Je sais trop que leur philantropie n'est jamais exempte d'égoïsme ; que leur politique a deux poids et deux mesures ; que les paroles qu'ils font porter à Pétersbourg ou à Vienne ne ressemblent pas toujours à celles qui retentissent dans le divan de Constantinople ou dans les congrès de Washington ; qu'ils ont mystifié l'Europe de cent manières, et qu'ils la tromperont encore si leur intérêt l'exige. Il y a si peu d'analogie entre leurs discours et les pratiques de leurs agens, entre leurs principes sur la légitimité et l'usurpation de

tant de colonies qu'ils auraient dû resti-
tuer à leurs maîtres ; ils ont changé tant
de fois à notre égard , comme à l'égard
des héros de la Grèce ; ils ont trahi tant
de fois les espérances qu'ils avaient don-
nées aux partisans des Hellènes , que je
suis prêt à croire tout le mal qu'on voudra
dire et penser de leur politique. Quoique
enveloppée de certaines paroles mysté-
rieuses qui pourraient servir, au besoin,
à justifier un changement de système, la
dernière déclaration de lord Liverpool ,
sur les Grecs , est d'une cruauté si révol-
tante, qu'il est difficile de prêter le moin-
dre sentiment d'humanité au cabinet dont
il a été l'organe. Le plus libéral de leurs
ministres ne m'a jamais paru qu'un Castle-

reagh masqué; et je ne crois pas plus à la tendresse de ces messieurs pour les nègres, qu'à leur amour pour la liberté.

Mais Wilberforce et le peuple anglais sont purs des restrictions mentales de ces jésuites politiques. Il ne s'agit point d'ailleurs de ce que veut et pense leur ministère; il s'agit seulement de ce que l'humanité réclame; et ses paroles ont été si hautes et si puissantes, qu'elles ont soumis à leur ascendant cette réunion de rois et d'hommes d'état qui s'étaient rassemblés à Vienne pour partager les dépouilles d'un grand homme, et qui suffisaient à peine pour combler le vide qu'il laissait en Europe. Qu'a produit cependant la déclaration de ce congrès? Les plages de l'Afrique en sont-elles moins dépeuplées? Les bazars des Antilles sont-ils moins remplis d'esclaves? Non sans doute; la traite subsiste, les négriers se jouent de la rigueur des lois, de l'indignation de nos philantropes et des châtimens du ciel. C'est en vain que les plus éloquens de nos orateurs font retentir nos deux tribunes des expressions de leur juste colère, que les nobles dénonciations de M. de Staël ont signalé la source du mal, que l'académie a invité les muses françaises à flétrir ce commerce homicide, que la société de la morale chrétienne s'efforce tous les jours d'en poursuivre l'abolition. Cette ligue de gens de bien n'a produit jusqu'ici que de beaux vers et de belles périodes. Des hommes n'en sont pas moins achetés à quelques pas de nos comptoirs d'Afrique, et revendus sous les yeux des administrateurs coloniaux.

Je viens mêler ma voix aux cris impuissans de ces défenseurs de l'humanité ; et je ne me flatte point d'une victoire plus efficace. Mais j'aurai rempli un devoir, et le temps fera le reste. Le temps est le grand justicier de ce monde ; il le délivrera des négriers, des congrégations et des jésuites. Le poëme que j'offre au public n'est point une simple déclamation philosophique. Ce sont des faits recueillis par l'histoire et mis en ordre dans une action dramatique. La tragédie d'Oronoko dont j'ai parlé plus haut, et dont j'ai lu seulement l'analyse dans les lettres de l'abbé Leblanc sur l'Angleterre, m'a fourni les deux premiers caractères de ce poëme ; et c'est dans l'histoire de la Jamaïque que j'en ai puisé les détails.

Une partie des horreurs que je retrace, n'appartient point à notre époque. Les mœurs des colons se sont adoucies ; leur conduite envers les nègres est moins sanguinaire et moins oppressive. Mais elle n'est pas moins flétrissante ; l'esclavage subsiste ; et ce qui fut pendant trois cents ans, peut encore se reproduire. J'ai donc voulu peindre le sort des nègres depuis leur départ de la côte d'Afrique, jusqu'à leur mort dans les Antilles; et pour frapper plus fort, pour retracer tout ce que leur situation à de pénible et d'odieux, je me suis reporté à un siècle de notre temps. C'est en 1692, et à la Jamaïque, sous le gouvernement du comte d'Inchiquin, que je place l'action de ce poëme. L'ouragan terrible dont j'ai décrit les ravages, la révolte des noirs, l'irruption des nègres-marrons, le massacre d'un grand nombre de blancs, tout est rigoureusement historique. Ayant besoin de raconter de grands malheurs et de grands crimes pour intéresser le législateur à en détruire la cause, je me serais fait un scrupule d'en inventer. La mort même de mon héroïne, si contraire

à nos idées sur la vertu des négresses, a
pour elle l'autorité de l'histoire. Ce fait
s'est passé sous le gouvernement du colonel Doyley; et je l'ai rattaché à mon sujet.
Puissé-je arracher quelques larmes à mes
lecteurs , et contribuer enfin à l'anéantis-
sement d'un commerce et d'un esclavage
qui nous déshonorent !

Sédim,

OU

LES NÈGRES.

—

POËME.

SÉDIM,

OU

LES NÈGRES.

CHANT PREMIER.

Sur un rocher, battu des flots amers,
Cap orageux, qui de la Jamaïque
Ferme le golfe et domine les mers,
Etait assis un banni de l'Afrique.
Tel qu'un démon échappé des enfers,
L'œil éclatant de plaisir et de rage,
Le noir Sédim contemplait le ravage
D'un ouragan qui vengeait ses revers,

3.

Et dévastait l'exécrable rivage
Où son orgueil avait reçu des fers.
Il souriait au bruit de la tempête.
Ce ciel en feu, ces tonnerres grondans
Dont les éclats se croisaient sur sa tête,
Ces airs chargés de nuages ardens,
Ce jour de mort lui semblait une fête.
Il se plaisait aux longs mugissemens
Des vastes flots de la mer mutinée,
Que soulevait jusqu'en ses fondemens
Des aquilons la fureur déchaînée.

Un sourd volcan, sous les ondes caché,
Bouleversait leurs abîmes liquides;
L'eau bondissait en montagnes humides;
Et l'Océan, de son lit arraché,
Dans les cités, les savanes tremblantes,
Précipitait ses vagues écumantes.

Par les autans les vaisseaux ballottés,

Au gré des flots, l'un par l'autre heurtés;

Brisaient leurs mâts, dispersaient leurs cordages,

Et sur les rocs, sur les sables jetés,

De leurs débris couvraient l'onde et les plages.

Des vents fougueux les épais tourbillons

Roulaient au loin les forêts abattues.

Les noirs torrens, que vomissaient les nues,

De l'île entière inondaient les vallons.

Ses champs couverts de moissons opulentes,

Ses verts coteaux, ses bosquets parfumés,

Ses bananiers et leurs fruits embaumés,

Et ses roseaux aux tiges succulentes,

Ses cocotiers et leurs grappes pesantes,

Les arbrisseaux, dont le riche Indostan

Avait doté ce fertile rivage,

Tout périssait, et l'horrible ouragan

Confondait tout dans son aveugle rage.

L'île tremblait sous les pieds des colons.
Des flancs ouverts de la terre ébranlée
Sortait la flamme ; et du sommet des monts
D'immenses rocs roulaient dans la vallée.
Là, se creusaient des abîmes fumans ;
Ici, des lacs dont les bouillonnemens,
Les flots de soufre et les ondes fétides,
Portaient au loin leurs vapeurs homicides,
Et dans les champs, les cases, les cités,
Se débordaient en torrens empestés.
De ces volcans les fureurs intestines
De Port-Royal soulevaient les remparts.
Ses toits, ses murs croulaient de toutes parts ;
Ses habitans, femmes, enfans, vieillards,
S'engloutissaient dans ses vastes ruines ;
Ou, sur la plage, errans et dispersés,
Saisis d'horreur, la démarche tremblante,
Les bras tendus, les cheveux hérissés,

Frappaient les airs do leurs cris d'épouvante.

Dans ce désordre on ne distinguait plus
Les noirs, les blancs, les maîtres, les esclaves.
Plus de gardiens, de prisons, ni d'entraves.
Par le malheur, par l'effroi confondus,
Ils fuyaient tous, et tous à la tempête
Ne songeaient plus qu'à dérober leur tête.
A ces clameurs, à ce choc d'élémens,
Au bruit des mers, des vents et du tonnerre,
Des eaux, des feux qui déchiraient la terre,
Se confondaient les cris, les hurlemens
Des noirs requins, des immenses baleines,
Que l'Océan rejetait dans les plaines ;
Et des marais chassés par la terreur,
Erraient partout d'effroyables reptiles,
De longs serpens, d'énormes crocodiles,
Qui, dépouillant leur sauvage fureur,

Contre la mort ne trouvant plus d'asiles,
Caressaient l'homme; et, rampant à ses pieds,
Le suppliaient de leurs yeux effrayés.

Le peu de jour, que sous leurs voûtes sombres
Laissaient percer ces nuages affreux,
Deux fois des nuits avait chassé les ombres ;
Et l'ouragan, dans son cours désastreux,
Tonnait encor sur ces bords malheureux.
Tout s'abîmait, et le triste insulaire
Croyait toucher à ce jour de misère,
Où, confondant les terres et les mers,
Et des soleils dispersant la poussière,
Un dieu vengeur devait, en sa colère,
Dans le chaos replonger l'univers.

Dans les horreurs de ce vaste naufrage,
Le seul Sédim conservait son courage.

Tous ces fléaux, ces bouleversemens,

Ces fugitifs et leurs gémissemens,

Ces corps épars et roulés par l'orage,

Tout ce désordre, image des tourmens,

Qu'avaient jetés dans son ame sauvage

L'exil, l'amour, le malheur, l'esclavage,

Etaient pour lui des spectacles charmans ;

Et d'un concert la douce mélodie,

D'un pré fleuri l'aspect délicieux,

Eût moins flatté cet esclave orgueilleux,

Que l'infernale et terrible harmonie

De cet orage, où s'offrait à ses yeux

Le dernier jour du monde et de sa vie.

Un seul espoir flattait son cœur altier,

De l'univers attendant la ruine,

Il n'implorait de la bonté divine

Que la faveur de mourir le dernier ;

Et quand finit ce désastre effroyable,

Quand le soleil, à travers les brouillards,

Jeta sur l'île un rayon secourable,

Avec horreur détournant ses regards,

Le fier Sédim, dans sa haine implacable,

Maudit le ciel, qui, trompant son désir,

Lui refusant le reste des victimes,

Sauvait cette île, et fermait les abîmes

Où cet esclave eût voulu s'engloutir.

« Reprends ta foudre; achève ton ouvrage,

» S'écriait-il en écumant de rage.

» De ta fureur n'arrête point les coups.

» Venge, grand Dieu, les races africaines;

» Fais sans relâche éclater ton courroux

» Sur les tyrans qui nous donnent des chaînes.

» S'il en survit, leur supplice est trop doux.

» Frappe, extermine une race cruelle.

» Que des volcans les feux soient rallumés.

» Anéantis cette île criminelle,

» Que sous les flots ses bords soient abîmés ;

» Et que la mer roule et gronde sur elle. »

Un habitant de ces tristes climats,

Dont la frayeur avait tourné les pas

Vers le rocher où contre sa patrie

Du fier Sédim s'exhalait la furie,

Entend ses cris ; et tressaillant d'horreur,

Il interrompt la sombre frénésie

De cet esclave aigri par le malheur.

Il n'était pas de ces colons avares,

Que la fierté du sang européen,

La soif de l'or transformaient en barbares ;

Il était bon, doux, charitable, humain.

Il connaissait, il soulageait les peines,

Plaignait le sort de ce peuple africain,

4

Dont les sueurs fécondaient ses domaines ;
Et du sensible et généreux Sulton
Jamais les noirs n'avaient maudit le nom.

Mais de Sédim l'âme ardente et hautaine,
Pour tous les blancs nourrit la même haine.
Leur seul aspect irrite ses fureurs.
Sur le colon il jette un œil farouche,
Reprend sa rage, et les souhaits vengeurs
Que l'infortune arrachait à sa bouche.
Le jeune Anglais à ce fougueux transport,
D'un cœur sensible oppose la clémence,
Cherche à calmer son affreuse démence,
Flatte sa peine et déplore son sort.
« Viens, lui dit-il, je te ferai connaître
» Qu'il est des blancs dignes de ton respect.
» Souffre mes soins, supporte mon aspect :
» Dis-moi ton nom, dis-moi quel est ton maître ;

» S'il est cruel, s'il a pu t'irriter.

» Mes soins touchans t'apaiseront peut-être :

» Je suis Sulton, et je veux t'acheter. »

Ce mot fatal, garant de sa misère,

De l'Africain redouble la colère.

« Nous acheter! nous vendre! justes dieux!

» S'écriait-t-il, quel trafic odieux!

» Et l'homme ainsi peut traiter ses semblables!

» Qu'êtes-vous donc, tyrans insatiables,

» Qu'ont enrichis nos infames travaux?

» Que sommes-nous, bourreaux impitoyables?

» Votre fierté, qui se rit de nos maux,

» Nous associe aux plus vils animaux

» Dont vous peuplez vos prés et vos étables.

» Mais sous ce teint norci par l'équateur,

» Est une chair plus blanche que la tienne.

» Un sang humain coule sous cette ébène ;

» Et dans mon sein je sens qu'il est un cœur. »

« A ce discours, par ses dents acérées,

De son bras noir les chairs sont déchirées ;

Et sur l'Anglais, dont le cœur s'est troublé,

Du fier Sédim le sang a ruisselé.

« Tiens, lui dit-il, sont-ce des chairs humaines ?

» Est-ce un sang noir qui jaillit de mes veines ?

» Il vaut le sang dont vous êtes si fiers,

» Car il bouillonne au penser d'une injure.

» S'il est souillé, ce n'est que par vos fers ;

» Et quel que soit ton rang et ta nature,

» Il a peut-être une source plus pure.

» Ce noble sang qui coule sous tes yeux,

» Me vient des rois et ne cède qu'aux dieux.

» Ce front altier, courbé par l'esclavage,

» Du diadème attendait les honneurs.

» Ce bras, flétri par les plus vils labeurs,

» S'est signalé dans les champs du carnage ;

» Et ce captif qu'insultent vos dédains,

» Que dans vos fers ont jeté vos complices,

» Dont tu prétends acheter les services,

» D'un grand royaume aurait fait les destins. »

Ces derniers mots sont un trait de lumière,

Et de Sulton réveillent la pitié.

Il plaint les maux qu'à cette âme si fière

A dû causer l'orgueil humilié.

De ses transports il ressent la justice.

Il la console ; il flatte ses douleurs ;

Et, lui tendant une main protectrice,

Veut de sa bouche apprendre ses malheurs.

Sédim se calme, et son fougueux délire

Cède aux bontés du généreux colon

Dont la pitié soulage son martyre.

4.

Il voit des pleurs dans les yeux de Sulton,
Pleure lui-même ; et sa colère expire.
Sur le rocher ils sont assis tous deux ;
Et recueillant ses souvenirs affreux,
Laissant tomber des regards moins sévères,
Sédim ainsi raconte ses misères :

« Aux champs d'Afrique, et non loin de ses mers,
Au centre heureux d'une plaine féconde,
Que la Formose enrichit de son onde,
Parmi des bois aux rameaux toujours verts,
D'un grand empire immense capitale,
Benin s'élève ; et sa splendeur royale,
Son peuple heureux, son commerce et ses arts,
De l'étranger étonnent les regards.
De mes aïeux dont la race y domine
La nuit des temps a caché l'origine.
Leur souvenir est cher à leurs États ;

Et quand aux champs l'ennemi nous appelle,
Le roi puissant de ce peuple fidèle
Peut commander à cent mille soldats.

« Depuis trente ans y gouverne Serame;
Et de vingt fils qui lui devaient le jour
Je fus long-temps le plus cher à son ame :
Sa confiance attestait son amour.
Dans les combats je guidais son armée;
Et mes exploits, ma haute renommée,
M'avaient rendu l'idole de sa cour.
Gloire et plaisirs entouraient ma jeunesse.
D'un chaste hymen je goûtais la douceur.
Aux champs d'Ardra, soumis par ma valeur,
J'avais conquis une jeune princesse;
Et ses appas, sa grace enchanteresse,
Sa modestie, avaient séduit mon cœur.
Non, les beautés que cette île recèle,

A mes regards n'offrent point ses attraits,
Et si le ciel, en la formant si belle,
D'un teint d'albâtre eût recouvert ses traits,
Votre univers n'eût point vu son égale ;
Et tous les blancs, tombant à ses genoux,
Auraient pensé, comme son triste époux,
Que Zénida n'eut jamais de rivale. »

    L'Anglais tressaille et rougit à ce nom ;
Son embarras à peine se déguise.
Son cœur troublé, glacé par la surprise,
Craint d'éveiller un funeste soupçon.
Mais l'Africain est tout à ses alarmes ;
Ses yeux baissés sont voilés par les larmes ;
Il n'a point vu le trouble de Sulton.
« L'hymen, dit-il, m'entraîna dans l'abîme.
En un instant s'écroula mon bonheur ;
Et, de l'amour innocente victime,

Ma Zénida partagea mon malheur.

L'affreux Bengo, premier né de mes frères,

Par ses regards embrasé comme moi,

La poursuivit de ses vœux adultères ;

Et Zénida, qui me gardait sa foi,

Que de Bengo révoltait l'insolence,

Contre un amant qui la glaçait d'effroi

De son époux implora l'assistance.

Par mon aspect le traître confondu,

A mes genoux déplora son offense.

Je vis ses pleurs, et mon cœur fut ému.

De mon épouse il loua la constance,

Il me promit d'oublier ses appas.

Je lui fis grace, et plaignis sa souffrance :

Mais le cruel ne me pardonnait pas !

« Dès ce moment sa sombre jalousie

Contre mes jours arma la calomnie.

Il m'accusa de trahir mon devoir,
De méditer la perte de mon père,
Et d'aspirer au suprême pouvoir.
Sur Zénida rejaillit sa colère;
Et ses agens répandaient en secret
Que les conseils d'une femme étrangère
Poussaient mon cœur à ce lâcheforfait.
Mon père y crut : ma perte fut jurée;
Et quand j'appris ces bruits injurieux,
Ma Zénida , dans un piège attirée,
Portant les fers d'un rival odieux,
Aux blancs d'Europe allait être livrée.

« Hors de Benin poussé par ma terreur,
Jurant au Ciel de venger mes disgraces,
Au bord des mers je volai sur ses traces;
Je vis ces blancs, et reculai d'horreur.
Je les connus ces traitans homicides,

Ces étrangers, qui, d'esclaves avides,
Nous ont appris ces marchés criminels.
Je le connus ce commerce exécrable,
Où les humains vendus par leur semblable,
Etaient voués à des fers éternels.

« Mille captifs, étendus sur la plage,
A leurs foyers par la force arrachés,
Divers de sexe, et d'ans, et de langage,
Chargés de fers, l'un à l'autre attachés,
Poussaient des cris de douleur et de rage.
De cent pays enfans déshérités,
De leurs parens maudissant l'avarice,
Ou de leurs rois les lâches cruautés,
Ou des combats le funeste caprice,
Il en était, qui, nés loin de nos mers,
Du centre ardent de la terre africaine,
Sous le tropique, à travers les déserts,

Deux mois entiers avaient porté leur chaîne.
Leurs pieds sanglans, leurs membres décharnés,
Leur corps meurtri, leur plaintive agonie,
Tout accusait l'avide tyrannie
Des vils marchands qui les avaient traînés.
L'un regrettait ou sa femme ou sa fille,
L'autre, son fils, son père ou son époux.
Pour eux, hélas! n'était plus de famille.
Tous ces rapports, ces sentimens si doux,
Leurs nœuds d'amour, de sang et de patrie,
Leurs vains projets, leurs usages, leurs goûts,
Le cours entier de leur première vie,
Tout à la fois venait d'être dissous.
Ils respiraient; et par vous et pour vous
Leur existence était anéantie.

« L'exil, les fers étaient leur avenir,
Ils n'avaient plus que des maîtres avares;

Et quand leurs cris fatiguaient les barbares,

De leurs regrets on osait les punir.

Un seul espoir soulageait leur martyre ;

Et j'en ai vus se calmer et sourire ;

Mais le trépas allait briser leurs fers.

Ils se disaient, en tressaillant de joie,

Qu'en succombant au poids de leur revers,

A leurs tyrans ils volaient une proie ;

Et que du moins au sein de leur pays

Reposeraient leurs membres affranchis.

« Et cependant, à ce spectacle horrible,

A tant de maux, à tant de cris plaintifs,

L'Européen froidement insensible,

Le fouet en main, marchandait ces captifs ;

Et sur les mers, complices de ses crimes,

Flottaient en paix les pavillons hideux

Des noirs vaisseaux dont les flancs caverneux

5

Devaient au loin transporter ces victimes,
Et qu'aurait dû plonger dans les abîmes
Le Dieu vengeur de tant de malheureux.
Oui, le grand Etre oublia sa justice,
Quand il permit qu'un nocher Lusitain,
Dans nos climats poussé par l'avarice,
Vînt nous porter ce trafic inhumain.

« De votre Europe ignorant l'existence,
Nos Africains, dans leur douce indolence,
Ne rêvaient point des destins plus heureux.
Leurs goûts, leur vie, étaient simples comme eux,
Leur pauvreté leur semblait l'abondance.
Une cabane, un troupeau peu nombreux,
Quelques sillons, qu'ils labouraient à peine,
Un bois, un pré, composaient leur domaine;
Et ces trésors suffisaient à leurs vœux.
L'or, qu'en nos champs a semé la nature,

Etait pour eux sans prix et sans danger.
La beauté même était loin de songer
Qu'il pût jamais lui servir de parure.
Ce Lusitain est venu tout changer.

« Ces fruits d'Europe et de son industrie,
Ce luxe infame et ces besoins nouveaux,
Que nous porta sa lâche perfidie,
Ont de vos mœurs infesté ma patrie,
Et transformé nos peuples en bourreaux.
Ce vil brigand qu'épargna le tonnerre,
Dans nos Etats éternisa la guerre.
Pour acquitter vos présens corrupteurs,
Pour repeupler ces climats destructeurs,
Des Africains nous dépeuplons la terre.
Au jour fatal où l'un de vos vaisseaux
Nous montre au loin sa voile menaçante,
Dans nos cités, dans nos champs, nos hameaux,

Règnent partout le crime et l'épouvante.

Le père s'arme et tremble pour ses fils ;

Le voyageur dans sa route surpris,

Le malheureux, le faible est sans défense.

Plus d'amitié, de paix, de confiance :

Les Africains, l'un de l'autre ennemis,

Prennent le glaive, et courant au pillage,

De leurs larcins désolent leur rivage ;

Et tous ces maux, fléaux de mon pays,

D'un Lusitain sont l'exécrable ouvrage.

Non, pour flétrir ce trafic désastreux,

Cet assassin, ce vendeur de ses frères,

N'existent point des noms assez honteux ;

Et vos enfers n'ont point assez de feux

Pour expier son crime et nos misères. »

CHANT SECOND.

SÉDIM,

ou

LES NÈGRES.

———

CHANT II.

Sulton s'empresse à calmer ce transport,
Et tourmenté de frayeurs incertaines,
De Zénida veut connaître le sort.
»Poursuis, dit-il, le récit de tes peines :
»Ce nom si cher, si douloureux pour toi,
»Est-il commun aux beautés africaines ?
»Vit-elle encore ? as-tu brisé ses chaînes ?
»Qu'est devenu cet objet de ta foi ?

» — Qui? Zénida? je ne l'ai plus revue,

Reprend Sédim; j'ignore son destin.

Dans cette foule éplorée, éperdue,

Mes yeux, mes cris la demandaient en vain,

Quand mon rival vint s'offrir à ma vue.

Qu'en as-tu fait? criai-je à l'inhumain;

Qu'à mon amour Zénida soit rendue.

Et, m'accablant d'un superbe dédain,

L'affreux Bengo répond : Je l'ai vendue.

A cet aveu, qui me glace d'horreur,

Le désespoir s'empare de mon cœur.

Pareil au tigre, à l'hyène sauvage,

Qu'en nos forêts attire le carnage,

Plein de vengeance, écumant de fureur,

Je cours, je vole à mon indigne frère,

Et, dispersant les soldats effrayés

Que le perfide oppose à ma colère,

Je le poignarde et l'étends à mes pieds.

Mais des soldats par un blanc ralliés
Autour de moi le cercle se resserre ;
Et par le nombre accablé, renversé,
Meurtri de coups et de chaînes pressé,
Je me retrouve aux genoux de mon père.

»Le vieux Sérame avait suivi mes pas,
Et, m'accusant des plus noirs attentats,
Sans écouter mes pleurs ni ma défense,
Me reprochant ma gloire et mon amour,
L'indigne sang versé par ma vengeance,
Il me condamne et me vend à son tour.
Trop sûr des maux que m'offrait l'esclavage,
C'est vainement que j'implorais la mort.
Mon roi, mon père avait quitté la plage,
Et des captifs dont j'avais plaint le sort
Tous les tourmens devenaient mon partage.
Désespéré, brisé par la douleur,

Roulant mon corps sur l'arène brûlante,
Je crus sentir l'atteinte déchirante
De cette mort, espoir de mon malheur,
Quand l'étranger, le maître de ma vie
Vint m'arracher au rivage natal,
Quand sous mes pieds pressés d'un nœud fatal,
Se déroba le sol de ma patrie.
Dans un esquif emporté malgré moi,
Noyé de pleurs et palpitant d'effroi,
Je voyais fuir cette terre chérie ;
Et sur ses bords fixant mes tristes yeux,
Mes cris plaintifs lui portaient mes adieux.
Ces cris bientôt fatiguèrent mon maître.
Un frein d'acier pressé contre mes dents
Le délivra de mes gémissemens ;
Et le rivage où Dieu m'avait fait naître,
Où les honneurs, la gloire, les amours,
La veille encore embellissaient mon être,

A mes regards disparut pour toujours.

»D'un noir vaisseau l'enceinte sépulcrale
Du ciel enfin me déroba l'aspect.
En m'engouffrant dans cet abîme infect,
Je crus tomber dans la nuit infernale.
Oui, l'inventeur de ces cachots flottans
Eut le démon pour maître et pour complice ;
Et de l'enfer les pâles habitans
N'éprouvent point l'effroyable supplice
Que votre orgueil impose à des vivans.

»Là, sur un pont plus dur que votre ébène,
Dans un caveau, dont le sombre contour
Ne recevait qu'un vain reflet du jour,
Assis, courbés, respirant avec peine
Un air brûlant qu'infectait notre haleine ;
Trois cents captifs, l'un par l'autre pressés,

Par nos tyrans venaient d'être entassés.
Quand, rejoignant la rive maternelle,
Mon ame enfin repassera les flots,
Le fossoyeur, sur ma couche éternelle,
Accordera plus d'espace à mes os.
De ma prison mon front touchait le faîte;
Les durs anneaux d'une barre d'acier
Serraient mes pieds, et les nœuds d'un collier
Contre le bord avaient fixé ma tête.

»Là, de poussière et de sueur couverts,
Privés d'espoir, haletans, immobiles,
Plus accablés du poids de nos revers,
Nous exhalions des plaintes inutiles.
Je souffrais moins des alimens grossiers
Que nous plaignait un intérêt sordide,
Du vil limon, du breuvage fétide
Qu'on présentait à nos brûlans gosiers.

La faim, la soif, étaient notre espérance ;
Et le soutien d'une telle existence
N'avait de prix qu'aux yeux de nos geôliers. .

»Je crus un jour échapper à leur rage,
De l'Océan tourmenté par l'orage.
Les flots bruyans roulant sur le vaisseau,
Envahissaient notre humide caveau.
De cet enfer les portes se fermèrent.
Deux jours entiers sans air, sans alimens,
Abandonnés à d'horribles tourmens,
La faim, la soif, la peste nous minèrent.
Je crus toucher à mes derniers momens ;
Mais la tempête et les flots s'apaisèrent.
Un air plus doux, par l'orage épuré,
Rendit la vie à mon sein altéré.
Avec effroi nos geôliers nous comptèrent.
Des trois cents noirs dans ce gouffre étendus,

Un tiers au moins ne sentait plus ses chaînes.
Depuis long-temps délivrés de leurs peines,
Mes deux voisins ne me répondaient plus.
Il n'en restait qu'une poussière impure.
Déjà les vers en faisaient leur pâture ;
Et par mes bras vainement repoussés,
Pesaient sur moi leurs cadavres glacés.
Mon œil jaloux vit tomber leurs entraves ;
Leurs corps infects roulèrent dans les mers ;
Et j'enviai le sort de ces esclaves
Dont le trépas avait brisé les fers.

»D'autres fléaux accrurent nos misères.
D'un air fétide effet contagieux,
Un mal cuisant enflamma nos paupières,
Brûla nos cils et dessécha nos yeux.
A trente noirs la lumière ravie
Ne leur laissa qu'une inutile vie ;

Et nos tyrans, chez qui l'amour du gain

Avait détruit tout sentiment humain,

Perdant alors l'espoir de les revendre,

Au sein des flots furent précipités

Ces malheureux qui ne pouvaient leur rendre

L'or et le pain qu'ils leur avaient coûtés.

Votre île enfin termina ce voyage.

Des cris joyeux annoncèrent la plage.

On m'arracha de cet affreux tombeau,

Et, le cœur plein de nouvelles alarmes,

Du jour, du ciel insensible à mes larmes,

En gémissant je revis le flambeau.

Ce lieu d'exil, où Dieu veut que je meure,

Ne m'annonçait que de nouveaux malheurs.

Je savais trop qu'en changeant de demeure

Je ne faisais que changer d'oppresseurs.

Nus, dépouillés de nos simples tuniques,

Dans un bazar par le fouet rassemblés,

Comme un troupeau d'animaux domestiques,

A vos regards nous fûmes étalés.

Aux froids calculs de l'avare insulaire

Furent soumis nos prix et nos destins.

Nos pieds, nos dents, nos poitrines, nos mains,

Tout fut l'objet d'un examen sévère;

Et dans le temps que mes yeux incertains

Dans cette foule essayaient de connaître

Pour quel tyran le Ciel m'avait fait naître,

Un fer rougi, dans mes chairs enfoncé,

Me fit sentir que le nom de mon maître

Sur mon épaule était déjà tracé.

»Blake est son nom, et ce nom doit suffire.

Dans l'île entière on connaît sa rigueur;

Et tous ses noirs, d'accord pour le maudire,

Ne prononçaient son nom qu'avec horreur.

A nos travaux il n'est point de relâche.

Le jour si long l'est moins que notre tâche ;
Et si la houe échappe de nos bras,
Si du soleil la chaleur accablante
Nous fait tomber sur la glèbe brûlante,
Le fouet vengeur qu'on attache à nos pas
Vient réveiller notre force expirante.
Heureux encor, si par la nuit rendus
Au vil grabat qui nous sert de repaire,
Un doux breuvage, un repas salutaire
Y ranimait nos esprit abattus !
Mais des colons l'avare indifférence
Nourrit à peine un peuple malheureux,
Qui, s'épuisant, s'exténuant pour eux,
Dans leurs palais entretient l'abondance.
Une racine, et des fruits sans saveur
Que d'un valet dédaigne l'insolence,
L'eau du torrent, voilà la subsistance
Qui de nos bras ranime la vigueur.

6.

J'ai vu cent fois des noirs, des misérables,
Que de la faim déchiraient les tourmens,
Sous vos égouts chercher des alimens,
Ravir aux chiens les restes de vos tables,
Et de vos mets broyer les ossemens.
Ah ! s'il est vrai que ton cœur moins avare
De mes pareils soulage les malheurs,
Si mon récit a fait couler tes pleurs,
Arrache-moi des chaînes d'un barbare,
Et de mon sort adoucis les horreurs. »

Cette promesse à Sulton échappée,
Troublait son ame ; et des projets confus,
D'affreux soupçons la tenaient occupée.
Depuis long-temps son cœur n'entendait plus
Les mots plaintifs, les regrets superflus,
Dont son oreille était en vain frappée.
De Zénida le nom fatal et doux

Réveillait seul sa morne inquiétude ;
Et, tourmenté par son incertitude,
Contre l'honneur luttait son cœur jaloux.
Trente soleils s'étaient levés à peine
Depuis le jour qu'en sa riche maison
Était entrée une jeune Africaine
Qui du Benin avait quitté la plaine,
Et dont la voix répondait à ce nom.
En un instant embrasé par ses charmes,
Par ses beaux yeux toujours noyés de larmes,
Sulton brûlait de ces feux dévorans
Que le tropique allume dans nos sens ;
Et son esclave, à ses vœux insensible,
Par des refus dont il était surpris,
De tant d'appas avait accru le prix,
Et redoublé cette flamme invincible.
Des attentats par Sédim racontés,
De tant d'affronts, de tant d'adversités,

A pu gémir son ame magnanime ;

Mais ce captif dont il plaint le tourment,

De son esclave est peut-être l'amant ;

Et la céder est un effort sublime

Que la pitié commande vainement.

Au seul penser d'un pareil sacrifice,

Un trouble affreux fait tressaillir son cœur.

De son rival l'amour lui fait horreur ;

Et son aspect lui devient un supplice.

C'est vainement qu'à cet enfant des rois

Il a promis une main protectrice ;

Malheur, pitié, vous perdez tous vos droits.

Contre l'amour l'honneur en vain murmure ;

Et de Sulton, pour la première fois,

Le noble cœur connaîtra l'imposture.

« Je plains tes maux, dit sa tremblante voix ;

» Je te promets d'en instruire ton maître :

» Je le verrai, je te prendrai peut-être. »

Sédim frissonne; et de son front hautain
Sur le colon tombe un regard terrible.
« Non, non, dit-il, tu me flattes en vain.
» Tu m'as trompé, jamais un cœur sensible
» N'a palpité dans ton perfide sein.
» Tu sais ma vie, et ta pitié balance !
» Ah ! mes malheurs sont trop pesans pour toi.
» Ils troubleraient ton heureuse existence.
» Fuis, tous les blancs sont sans cœur et sans foi.
» Crains le transport dont mes membres frémissent.
» S'il manque un glaive à ma juste fureur,
» Vois sous nos pieds ces vagues qui mugissent,
» De ce rocher mesure la hauteur.
» Crains que mes bras à ton corps ne s'unissent,
» Et qu'avec moi ces flots ne t'engloutissent. »

Sulton recule; et de crainte agité,
Fuit à grands pas cet esclave indocile.

L'aspect hideux d'un énorme reptile,
Qui par hasard dans son gîte heurté,
Aurait dressé sa tête menaçante,
Eût à Sulton causé moins d'épouvante.
Mais sur le roc Sédim était resté,
Et ses yeux seuls poursuivaient le perfide
Qui remportait dans sa fuite rapide
Le doux espoir dont il l'avait flatté.

Sa tête enfin, sur son sein retombée,
Semble fléchir sous le poids du malheur.
Dans ses pensers son ame est absorbée.
Enveloppé de sa morne stupeur,
Seul, immobile, et debout sur la cime
De ce rocher témoin de sa douleur,
Son front est calme, et du liquide abîme
Ses yeux fixés sondent la profondeur.
Du jour qu'un père, abusé par l'envie,

Lui déroba son épouse et ses droits,

Et le bannit de sa triste patrie,

L'infortuné, pour la première fois,

Se voyait libre et maître de sa vie.

D'un seul élan dépend son avenir.

Entre la mort et l'horrible esclavage

Le Ciel, enfin, lui permet de choisir;

Et ses regards contemplent sans frémir

De son néant la consolante image.

Un pas de plus, et ses maux vont finir.

Ce pas est fait; et Sédim vit encore.

Au bord du gouffre un bras l'a retenu;

Et, détournant son regard abattu,

Aux fers honteux d'un maître qu'il abhorre,

L'infortuné se croit déjà rendu.

Il se trompait : c'était le vieux Zamore,

Dont les conseils, au milieu des combats,

Avaient jadis guidé ses premiers pas,

Qu'à ses enfans, à la terre africaine,

Avant Sédim on avait enlevé,

Et qu'en touchant la plage américaine,

Aux mêmes fers il avait retrouvé.

Ce noir lui parle, et sa voix le rassure.

Il se retourne, et tombant dans ses bras :

« Pourquoi, dit-il, m'arracher au trépas ?

» Ne sais-tu point les tourmens que j'endure ?

» Cruel ami, pourquoi m'y replonger ?

» Quand je ne puis supporter l'existence,

» Qu'à mes malheurs il n'est plus d'espérance,

» Est-ce m'aimer que de les prolonger ?

» Quels sont tes vœux, ton espoir ? —La vengeance, »

Répond Zamore ; et ce mot consolant

Rend à Sédim un calme qui l'étonne.

Son œil altier se relève et rayonne.

Son front s'anime, et dans son cœur brûlant

Comme l'espoir, la vengeance frissonne.

« Près de ces bords, dans les caveaux profonds
» D'un antre obscur où je vais te conduire,
» Poursuit Zamore, unis par leurs affronts,
» Six cents captifs ont juré de détruire,
» D'exterminer le reste des colons
» Qu'ont épargné les feux et les orages
» Dont l'île entière a subi les ravages.
» Dans ce combat de la terre et des airs,
» A la faveur du trouble et des alarmes,
» Mes compagnons ont rassemblé des armes ;
» Et cette nuit nous brisons tous nos fers.
» Il en est cent qui, nés dans ton empire,
» Ont raconté tes glorieux exploits ;
» Et, nous rangeant sous un fils de nos rois,
» Pour notre chef nous venons de t'élire.
» Un grand secours nous est encor promis.

» Vois-tu ces monts dont la cime azurée
» Domine au loin sur cette île abhorrée ?
» Là, nos complots trouveront des amis.
» Là, sont des noirs, qui, sauvés de leurs maîtres,
» Ont par la fuite acquis leur liberté.
» Ils ont repris la foi de leurs ancêtres ;
» Ils ont des champs, un fort, une cité.
» Nos messagers ont couru leur apprendre
» Les grands desseins que nous avons formés.
» Ils sont vaillans, ils sont toujours armés ;
» A notre voix ils viendront nous défendre ;
» Et si le sort trahit notre valeur,
» Ces monts altiers, où le ciel les fait vivre,
» Où nos tyrans n'oseront nous poursuivre,
» Nous-offriront la paix et le bonheur. »

« — Le bonheur ! non, tu ne peux me le rendre,
» Répond Sédim ; il n'en est plus pour moi.

« Sans Zénida je ne saurais l'attendre.

» Mais je te suis, je m'abandonne à toi.

» Viens, la vengeance a réveillé mon être ;

» J'ai soif de sang, je veux m'en abreuver.

» Briser mes fers, me venger, c'est renaître,

» C'est le seul bien que je veuille connaître,

» Le seul plaisir que je puisse éprouver. »

A ce discours qu'à son orgueil farouche

Ont arraché ses honteux souvenirs,

Il suit Zamore, et ses cruels désirs

D'un rire affreux font tressaillir sa bouche.

Impatiens de joindre leurs amis,

Se nourrissant de vengeance et de haine,

D'un pied rapide ils traversaient la plaine,

Que des forêts encombraient les débris ;

Et d'un torrent grossi par la tempête

Ils côtoyaient le rivage fangeux,

Quand, frappant l'air de ses cris douloureux,
Tendant les bras, et détournant la tête,
A pas pressés accourt au-devant d'eux
Une négresse aussi jeune que belle,
Qu'en rugissant, de sa gueule cruelle
Allait saisir un caïman hideux.

A leur aspect le monstre s'épouvante,
Ouvre en hurlant sa gueule menaçante,
Horrible gouffre armé de triples dents,
Sur les deux noirs fixe des yeux ardents;
Regagne enfin son immonde retraite;
Et la victime, à sa rage soustraite,
Les yeux troublés et la mort dans le cœur,
Tombe à leurs pieds palpitante d'horreur.

Sédim la prend, la relève, et s'écrie :
« C'est Zénida ! c'est toi que je revois ! »
Et le bonheur dont son ame est remplie,

L'étonnement, ont enchaîné sa voix.
Il ne peut croire à cet heureux prodige,
Doute s'il veille ; et d'un rêve trop doux
Craint qu'un seul mot ne rompe le prestige ;
Et de ses bras enlaçant son époux,
Comme Sédim, interdite, incertaine,
Le dévorant de ses regards surpris,
D'amour, de joie enivrant ses esprits,
Elle restait sans voix et sans haleine.

A son extase elle s'arrache enfin.
Les mots d'amour, de bonheur, d'allégresse,
Comme un torrent s'échappent de son sein.
« C'est toi, Sédim ; oui, c'est toi que je presse.
» Qui me l'eût dit ? je fuyais le trépas,
» J'allais mourir, et je suis dans tes bras.
» Depuis le jour où je te fus ravie,
» Des maux sans nombre ont assiégé ma vie.

» Mais que me font mes affronts, mes dangers,

» Et mon exil et ces bords étrangers?

» Je te revois, et mon cœur les oublie.

» Ma liberté, mes honneurs, ma patrie,

» L'autel, la couche où j'ai reçu ta foi,

» Tout m'est rendu, je le retrouve en toi.

» Ne quitte plus ton amante chérie.

» Au sein des monts, à l'abri des forêts,

» Fuyons les fers, les tyrans et le monde.

» Nous vivrons seuls sans trouble, sans regrets.

» Que nous faut-il? une grotte profonde,

» Un lit de mousse, un ruisseau pur et frais,

» Et les doux fruits dont cette terre abonde.

» Viens, les trésors du plus riche colon,

» Ses vains plaisirs, sa couche criminelle,

» La soie et l'or dont brille sa maison,

» Ne valent point le sort où je t'appelle.

» Dérobe-leur ton épouse fidèle;

» Délivre-moi des amours de Sulton. »

Le crin du nègre à ce nom se hérisse ;
Dans ses regards éclate sa fureur,
La jalousie en son ame se glisse ;
Et le soupçon qui détruit son bonheur,
Comme une flèche a traversé son cœur.
« Sulton, dit-il, Sulton serait ton maître?
» Il t'aimerait! il osait....., et mes yeux
» N'ont point percé ce mystère odieux,
» Quand de mes bras s'est échappé le traître!
» A sa rougeur, à ses lâches refus,
» A ses discours j'aurais dû le connaître ;
» Et je l'apprends quand je ne le tiens plus!
» Non, fier rival, le tigre de nos rives,
» En s'abreuvant du sang de l'Africain,
» N'éprouve point des voluptés plus vives,
» Que j'en aurais en m'abreuvant du tien. »

Mais Zénida le flatte et le caresse ;
Son doux souris, sa voix enchanteresse
Du fier Sédim apaisent les transports.
« Que fait, dit-elle, une inutile flamme ?
» Ses vains soupirs n'ont point touché mon ame,
» Sois sans terreurs quand je suis sans remords.
» Ta Zénida ne t'a point fait injure.
» J'ai de Sulton méprisé les ardeurs,
» J'ai rejeté ses présens corrupteurs ;
» Et de ses mains je sors fidèle et pure.
» Viens, n'attends point qu'il vienne me chercher,
» Fuis avec moi, cher époux que j'adore... »

« Il est trop tard, s'est écrié Zamore,
» Sulton paraît, et vient te l'arracher. »
Sédim alors entraînant son amante,
Fuit vers les monts par la crainte emporté,
Quand tout à coup, de gardes escorté,

A ses regards son maître se présente.

Le gouverneur, les gérans, les soldats,

Tous les colons échappés à l'orage,

Tous leurs valets avaient armé leurs bras ;

Et, dispersés sur les monts et la plage,

Pour rassembler leurs esclaves épars,

Le fer en main, couraient de toutes parts.

Blacke et Sulton avaient uni leur zèle ;

Et le destin, dont la haine cruelle

De nos amans méprisait les douleurs,

A sur leurs pas conduit leurs oppresseurs.

Dans le torrent Zamore se rejète,

Brave la fougue et la fureur des eaux,

Les caïmans qu'enferment leurs roseaux,

Les plombs mortels qui sifflent sur sa tête ;

Et, s'échappant à travers les coteaux,

De ses amis regagne la retraite.

Mais Zénida n'a pu fuir comme lui ;

Par la fatigue et la peur harassée,

De son époux elle implorait l'appui ;

Et son époux ne l'a point délaissée.

De tous côtés investis par les blancs,

L'espoir s'éteint dans leur ame éperdue ;

Pour s'échapper ils n'ont plus une issue.

Des deux colons se rapprochent les rangs ;

Et de Sédim la fureur impuissante

Ne peut défendre et venger son amante,

Ni la frapper aux yeux de ses tyrans.

Que fera-t-il dans ce revers funeste ?

La mort n'est rien pour son cœur alarmé.

S'il était seul, s'il n'était désarmé,

Il tomberait sur ces blancs qu'il déteste ;

Et, dans leurs rangs signalant sa fureur,

Leur vendrait cher sa vie et son honneur.

Mais, qu'est sa vie en ce péril extrême?
S'il les affronte et périt sous leurs coups,
A son rival il livre ce qu'il aime ;
Et le trépas est mille fois plus doux.
Ce seul penser dompte son ame altière.
Il voit Sulton, il tombe à ses genoux ;
Et son orgueil descend à la prière.
« Tu m'as promis un généreux secours,
» S'écriait-il, accomplis ta promesse.
» Tu vois l'objet de mes premiers amours.
» Tu sais mes maux, mon hymen, ma tendresse,
» Ta bienfaisance est mon dernier recours. »

    A deux genoux Zénida suppliante,
Joignant les mains, et l'œil de pleurs noyé,
A son époux unit sa voix tremblante,
Et de Sulton implore la pitié.
Vœux superflus ! Sulton l'écoute à peine.

L'aspect, la voix de la jeune Africaine,
Portent la flamme en ses sens égarés.
Son cœur jaloux ne peut dompter sa joie.
Il ressaisit, il enlève sa proie ;
Et nos amans sont encor séparés.

CHANT TROISIÈME.

SÉDIM,

ou

LES NÈGRES.

CHANT III.

Oh ! qui peindrait vos angoisses amères,
Vous, dont l'espoir avait séché les pleurs ?
Qui de l'exil oubliant les misères,
Osiez rêver des jours consolateurs ?
Non, d'un vautour les morsures cruelles
Ne causent point d'aussi vives douleurs ;
Et ces tourmens, ces épines nouvelles,
Le sort jaloux les cachait sous des fleurs.

Jamais destin fut-il égal au vôtre?

Pour aggraver, pour combler vos malheurs,

Sa cruauté vous montra l'un à l'autre.

Chargé de fers, entouré de soldats,

Sédim en vain s'élançait sur les traces

De cette épouse arrachée à ses bras;

Des vils tyrans qui retenaient ses pas,

Les ris cruels outrageaient ses disgraces.

Mais les liens, les menaces, les coups

A sa douleur n'imposaient point silence.

Contre les blancs éclatait son courroux.

Il maudissait leur injuste puissance,

Leurs lois, leurs mœurs, leurs lâches cruautés,

Et, les chargeant de mille atrocités,

Du ciel contre eux invoquait la vengeance.

Blacke l'entend; et son orgueil blessé

Défend les pleurs au malheur qui l'accable;

Et de ces cris, de ces plaintes lassé,

Livre aux bourreaux cet esclave indomptable.

Au tronc d'un cèdre abattu par les vents,

A l'instant même on le traîne, on le lie.

Un dur bâillon dont sa bouche est remplie,

Ferme l'issue à ses cris insultans ;

Et sur son dos, sur ses reins, et ses flancs,

D'un fouet armé de pointes meurtrières,

Deux bras nerveux font siffler les lanières.

Sédim gémit sous leurs coups acérés ;

Tord en hurlant ses membres déchirés.

Des aiguillons les cuisantes atteintes

En traits sanglans y gravent leurs empreintes ;

Et de la chair emportent les lambeaux.

A tant d'horreurs son maître ose sourire ;

Et d'un œil sec contemplant ce martyre,

De sa victime applaudit les bourreaux.

Mais le cruel ne veut point qu'elle expire :

8.

Il craint de perdre un noir qu'il a payé ;
Et son courroux, fléchi par l'avarice,
Arrête enfin l'effroyable supplice,
Que n'eût jamais abrégé la pitié.

Que dis-je, hélas ! c'est peu de ces tortures.
Un sel cuisant répandu sur les chairs,
Du malheureux aigrissant les blessures,
Ajoute encore aux maux qu'il a soufferts.
Blacke défend qu'on détache ses fers.
Le bâillon même est resté sur sa bouche,
Aucun breuvage, en son sein altéré ,
N'éteint la soif dont il est dévoré ;
A ses douleurs on refuse une couche ;
Et sur le sol d'un cachot ténébreux,
Séjour impur d'insectes venimeux,
Le fait jeter un despote farouche.

Mais la nuit vient ; ses voiles protecteurs

Vont à Sédim amener des vengeurs.

Et les tyrans recevront leur salaire.

D'autres malheurs vont peut-être éclater ;

Du ciel souvent la justice est sévère.

D'autres forfaits que j'hésite à conter,

Vont retomber sur l'avare insulaire.

Mais la révolte et la férocité

Seront partout les fruits de l'esclavage ;

Et c'est toujours par des accès de rage

Que se réveille un esclave irrité.

Puissans du monde, écoutez cet adage ;

Et qu'à vos lois préside l'équité.

Dans la caverne où, ligués par la haine,

Les Africains s'apprêtaient aux combats,

Et méditaient leur vengeance inhumaine,

Le vieux Zamore a reporté ses pas.

Du noble chef qu'attendait leur vaillance,

A ses amis il conte les malheurs ;

Et ce récit, qui fait couler leurs pleurs,

Ajoute encore à leur impatience.

Pour s'animer contre leurs oppresseurs,

Pour excuser leurs complots sanguinaires,

Tous à l'envi retracent leurs misères.

« Vois, disait l'un, comme ils m'ont tourmenté.

Un plomb brûlant, goutte à goutte injecté,

A sur mon sein creusé ces cicatrices.

Mes faibles bras, par la fièvre abattus,

A mon tyran refusaient leurs services ;

Et, de révolte accusant mes refus,

Il m'en punit par d'horribles supplices. »

L'autre, étendant son poignet mutilé,

« C'est moi, dit-il ; c'est la main qui me reste

Qui m'a réduit en cet état funeste.

De ses malheurs, de sa honte accablé,

Un jeune noir avait brisé ses chaînes,

Et de mon maître il fuyait les domaines.

Par les colons repris et condamné,

Ce malheureux à la mort fut traîné :

Et, les bourreaux manquant à leur vengeance,

On m'ordonna d'accomplir la sentence.

J'en eus horreur, et ce fut vainement

Qu'à ce vil prix on mit ma délivrance.

Je repoussai ce bienfait infamant;

Je pris la hache à mon bras présentée,

Et leur montrant que dans l'adversité

Un Africain gardait sa dignité,

Je fis tomber ma main ensanglantée. »

« Ecoutez-moi, s'écriait à son tour

Une négresse au désespoir réduite,

Du riche Hudson esclave favorite,

A trois enfans j'avais donné le jour.

Il me comblait de dons et de tendresses,

A mon amour prodiguait les promesses ;

Et j'espérais que notre liberté

Serait le prix de ma fidélité.

L'avare Hudson n'affranchit que la mère ;

Pour recouvrer l'or que j'avais coûté,

Deux de mes fils, revendus par leur père,

Furent conduits sur une île étrangère ;

Et le dernier, en esclave traité,

Sert de jouet à la malignité

Des petits blancs qui le nomment leur frère. »

« Il vaudrait mieux les exterminer tous,

Répond une autre, et s'ils pouvaient connaître

Le sort affreux qu'ils reçoivent de nous,

Ils maudiraient le sein qui les fait naître.

J'ai fait ce crime, et je m'en applaudis.

Je suspendais, pour allaiter mon fils,

Les durs travaux où j'étais condamnée.

Un blanc me vit, et sa main forcenée

Rompit son fouet sur mes membres meurtris.

Mon désespoir punit son avarice ;

Tu ne veux pas que mon sein le nourrisse?

Criai-je au monstre : eh bien ! je l'affranchis :

Et contre un roc écrasant sa cervelle,

Je le sauvai d'une chaîne éternelle. »

Chacun ainsi racontait ses affronts ;

Et l'un par l'autre excités au carnage,

Tous à l'envi maudissaient les colons.

Ils n'attendaient pour signaler leur rage,

Que le renfort de ces noirs vagabonds,

Qui, par la fuite échappés au servage,

Vivaient en paix sur la cime des monts.

A leur appel ces noirs ont pris les armes.

Pour eux toujours la vengeance a des charmes,
Et de pillage et de sang altérés,
Trois cents des leurs ont joint les conjurés.

Un Caraïbe est venu sur leur trace.
Il descendait de ces Américains
Qui de ces bords furent les souverains ;
Et dont l'Europe avait détruit la race.
Son trisaïeul, témoin de ces horreurs,
De ce désastre avait sauvé sa fille ;
Et par des nœuds dont rougissent nos mœurs,
Renouvelé cette vieille famille,
Que les rochers cachaient à ses vainqueurs.
Son teint cuivré, sa longue chevelure,
Ses yeux saillans et son front aplati
Des Africains distinguaient sa figure ;
Mais avec joie il servait leur parti :
Et dans son cœur n'était point amorti

Le souvenir de son antique injure.

« Exterminez ces vils Européens,
Vengez enfin ma race infortunée,
Disait aux noirs ce fils des Indiens,
En agitant sa flèche empoisonnée.
Qui leur donna nos îles et nos biens?
Nés loin de nous, étrangers à nos plages,
Leur vanité nous traitait de sauvages,
Et les cruels le furent plus que nous.
Pour vivre en paix dans ces climats fertiles,
De notre sang ils ont couvert nos îles;
Et tout un peuple a péri sous leurs coups.
Mais le travail effrayait leur paresse.
De nos sillons par le meurtre usurpés,
Leur indolence étouffait la richesse.
Les moissons d'or, qu'attendait leur mollesse,
Se refusaient à leurs désirs trompés.

Il leur fallait des esclaves dociles,

Et c'est alors qu'à vos plages tranquilles

Ont apparu leurs vaisseaux ravisseurs;

Que l'Africain vint baigner de ses pleurs

Les tristes champs qu'avait rendu stériles

L'orgueil oisif de nos vils destructeurs.

Leur avarice a fait votre esclavage,

Et leur rigueur prouve leur lâcheté.

Arrachez-vous pas un noble courage

Aux durs travaux qui sont votre partage.

A tous les noirs rendez la liberté.

Rendez aux blancs outrage pour outrage,

Crime pour crime; et prenez l'héritage

Que nous vola leur bras ensanglanté. »

Il dit et marche, et les nègres le suivent.

Ces mots affreux, dictés par la fureur,

Ont redoublé leur rage et leur valeur;

Et dans la plaine en silence ils arrivent.

Là s'élevaient, l'un de l'autre éloignés,

Deux pavillons par l'orage épargnés.

Sulton et Blacke habitaient ces domaines ;

Et de deux chefs reconnaissant la voix,

Aux deux manoirs s'avancent à la fois

Des révoltés les bandes inhumaines.

L'obscurité protège leurs complots,

Et le sommeil, complice de leurs crimes,

Sur les colons étendant ses pavots,

Livre à leurs coups leurs premières victimes.

Dans ses foyers par Zamore assiégés,

Blacke est surpris, enlevé sans défense,

Et par un peuple altéré de vengeance,

Autour de lui vingt blancs sont égorgés.

Mais pour payer sa longue tyrannie,

Ce fier Anglais a trop peu d'une vie.

De tout son sang s'abreuvent ses bourreaux,
Et leur fureur n'en est point assouvie.
De son cadavre ils sèment les lambeaux.
Tous ses trésors sont livrés au pillage ;
Et ses foyers dévastés et sanglans,
Ses ateliers, que la flamme ravage,
N'offrent bientôt que des débris fumans,
Où disparaît la trace du carnage.

Dans les horreurs de cette affreuse nuit,
Parmi les feux, le désordre et le bruit,
Du seul Sédim s'est occupé Zamore.
Il doute, hélas ! que Sédim vive encore :
Vers la prison la terreur le conduit.
Mais quel transport succède à ses alarmes,
Quand cet ami, cet enfant de ses rois,
S'offre à ses yeux et répond à sa voix !
Il rompt ses fers, il lui donne des armes,

Et dans les bras de ses libérateurs

L'heureux Sédim oubliant ses douleurs,

Bénit Zamore et le baigne de larmes.

« Ah ! malheureux ! comme ils t'ont déchiré !

Dit le vieillard en comptant ses blessures.

» Ton sein meurtri, ton corps défiguré.... »

« Viens, répond-il, laisse-là mes tortures :

» Tu me rends libre, et tout est réparé.

» La liberté ! c'est un baume céleste

» Qui se répand sur mes maux adoucis.

» Je ne sens plus leur atteinte funeste.

» Je suis armé, je suis libre, je vis,

» Et la vengeance achèvera le reste. »

Son cœur alors n'a plus qu'un sentiment,

Un seul désir, une seule espérance.

« Viens, poursuit-il, Zénida nous attend :

» Sans Zénida que fait ma délivrance ? »

9.

Il est parti plus prompt que le limier
Qui sur les pas d'un jeune sanglier
Traîne à sa suite une meute aboyante.
Aux cris vengeurs de cet esclave altier
Se précipite une foule bruyante.
Il craint déjà qu'un plus heureux vainqueur
A son rival n'ait arraché la vie;
Son cœur jaloux en tressaille d'envie :
Mais le destin lui gardait ce bonheur.
Le Caraïbe et sa horde impuissante
N'ont point encore étendu leur fureur
Sur le manoir où gémit son amante.
Des noirs absens craignant la trahison,
Sulton veillait, et son bras intrépide,
Bravant leurs cris et leur rage homicide,
Leur vendait cher sa vie et sa maison.
Les serviteurs, animés par leur maître,
Avaient saisi le tube des combats.

Le plomb mortel, que de chaque fenêtre

Faisaient siffler les éclats du salpêtre,

Aux assaillans apportait le trépas.

Déjà des noirs fléchissait la constance,

Quand de Sédim l'abord impétueux,

Les cris, l'exemple et l'ardente éloquence,

Ont ranimé leurs efforts belliqueux.

« Quoi ! disait-il, le trépas vous étonne !

» Et cet orgueil qui voulait tout dompter,

» Dans le péril ainsi vous abandonne !

» A quelques blancs vous n'osez résister !

» Ah ! leurs mépris vous ont rendu justice.

» Que sur vos fronts leur joug s'appesantisse ;

» Rentrez aux fers dont vous n'osez sortir.

» La liberté ne se donne qu'au brave.

» Pour être libre, il faut savoir mourir.

» Qui craint la mort est fait pour être esclave. »

Leur crainte cède à ce discours hautain :
Et leur soufflant l'ardeur qui le transporte,
Le fier Sédim, une hache à la main,
De son rival court assiéger la porte.
La mort, les traits en vain tombent sur eux.
Armés de pics, de glaives et de feux,
Après Sédim la fureur les emporte.
Sous leurs efforts, sous leurs coups redoublés,
Les ferremens, les gonds sont ébranlés.
Le bois jaillit sous la hache tranchante.
La porte tombe, et de Sédim vainqueur,
Comme les flots d'un torrent destructeur,
Entre en hurlant la horde triomphante,
Avec la mort, l'épouvante et l'horreur.
Des assiégés le courage chancelle,
Dans leurs foyers au pillage livrés,
De toutes parts ils tombent massacrés ;
Aux pieds des noirs leur sang fume et ruisselle.

Dans ce fracas de meurtres, de bourreaux,
De fers sanglans, de pillards, de flambeaux,
Armé d'un glaive et d'une torche ardente,
Sédim enfin découvre son amante ;
Mais dans l'instant où son lâche rival,
Pour lui ravir cette femme adorée,
Levait sur elle une main égarée.
Sédim accourt, prévient ce coup fatal,
Frappe Sulton, le renverse sans vie,
Jette sa torche et vole à son amie.
O désespoir ! ô revers imprévu !
Elle recule, et détournant la tête,
Le front baissé, le regard abattu,
De ses deux bras le repousse et l'arrête.
« Fuis, disait-elle en palpitant d'effroi,
» Ta Zénida n'est plus digne de toi.
» Fuis, cette nuit a vu mon infamie.
» La violence a triomphé de moi.

» De ses ardeurs ce monstre m'a flétrie. »

Sédim se tait : la foudre l'a frappé.
D'un froid mortel ses veines sont glacées ;
Son œil est morne, et de son cœur trompé
Ont disparu ses plus chères pensées.
Amour, repos, gloire, honneur, liberté,
Tout le bonheur dont il s'était flatté,
Tout a croulé comme un frêle édifice.
Cet avenir n'était qu'un songe heureux
Qu'a du destin dissipé le caprice ;
Et son réveil est le réveil affreux
D'un criminel qu'appelle le supplice.
De son malheur, de sa honte oppressé,
Les bras pendans et le corps affaissé,
L'infortuné parcourt d'un œil stupide
Le lieu fatal où son rêve a cessé,
Et de Sulton le cadavre livide,

Et Zénida, qui, les genoux ployés,

Baisse la tête et sanglotte à ses pieds,

Et tous ces noirs dont les torches funèbres

De cette scène éclairent les ténèbres.

  Son désespoir se refuse à leurs soins;

Et, de sa honte évitant les témoins,

Son front bientôt retombe vers la terre.

Mais tout à coup sur ce front rayonnant,

Comme un éclair précurseu. du tonnerre,

Brille et s'éteint un sourire effrayant.

Son sein bondit, sa tête est égarée.

D'un projet vague il paraît agité.

Vers son amante il s'est précipité,

De Zénida sa main s'est emparée.

Il la relève et la tient sur son cœur;

Ses tristes yeux la regardent sans haine;

Et Zénida, qui se soutient à peine,

En pleurs amers épanche sa douleur.

« Paix, lui dit-il, Sédim t'a pardonnée.

» Tu n'as trahi tes sermens ni ta foi.

» Mais un autre homme, un blanc t'a profanée ;

» Je ne peux vivre avec toi ni sans toi.

» Quitte cette île où tu fus avilie ;

» Fuis ces regards qui font baisser tes yeux.

» Je vais te rendre aux champs de tes aïeux :

» N'y parle point de ton ignominie.

» Nous revivrons dans les plaines d'Ardra,

» Loin de ces blancs et de leur terre avare.

» Console-toi, Sédim t'y rejoindra. »

Il dit, l'embrasse, et son glaive barbare

Tombe et s'enfonce au cœur de Zénida.

Aucun regret n'échappe à son amante,

Et, sans effroi prévoyant son dessein,

Elle a souri, victime obéissante,

Au coup fatal qui lui perçait le sein.
La froide mort l'enveloppe et la presse ;
Et le cruel, qui dans ses bras sanglans
Tient cet objet d'horreur et de tendresse,
La couvre encor de ses baisers brûlans.

Des Africains la horde frénétique
A d'un œil sec vu ce crime odieux ;
Et de la mort entonnant le cantique,
A la victime ils fesaient leurs adieux,
Quand les clameurs d'une foule alarmée
Et les torrens d'une épaisse fumée
Ont suspendu leurs chants religieux.
Tout se disperse et tremble pour sa vie.
Heurté, pressé, frappant l'air de ses cris,
Chacun s'échappe à travers l'incendie
Qui du manoir embrase les lambris.
Le seul Sédim garde un front impassible,

D'un œil tranquille il a vu leur terreur ;
Et cet esclave, au péril insensible,
Reste long-temps immobile et sans peur.
L'amour enfin l'arrache à sa stupeur.
Il ne veut point que ce manoir en cendre
De Zénida devienne le tombeau ;
Et se courbant sous ce triste fardeau,
D'un toit en feu se hâte de descendre.
O vain espoir ! ô désastre nouveau !

A cette mort, à ces flammes cruelles,
Ses compagnons sont en vain dérobés ;
D'autres malheurs sur eux sont retombés :
Une autre mort moissonne ces rebelles.
Deux fugitifs, à leurs coups échappés,
Dans Port-Royal ont porté leurs alarmes.
Le gouverneur, les blancs ont pris les armes ;
Et les mutins surpris, enveloppés,

De tous côtés par le glaive frappés ,
Des blancs vainqueurs évitant la poursuite,
Vers les rochers précipitent leur fuite.
Le Caraïbe, atteint d'un coup mortel ,
Chancèle, tombe, et rend son ame altière,
En maudissant la race meurtrière
Qui lui ravit son foyer paternel.
Non loin des murs que la flamme dévore,
Un plomb rapide a renversé Zamore ;
Mais rassemblant un reste de vigueur,
Couvert de sang, brisé par la douleur,
Vers la maison le vieillard fuit encore,
Pour dérober son cadavre au vainqueur.
Il voit Sédim et tressaille de crainte.
« Fuis, lui dit-il, les blancs ont triomphé,
» Fuis, tout est mort...» Et sa voix s'est éteinte;
Et dans son sang il retombe étouffé.

Sédim regarde, et l'éclat de la flamme,

De toutes parts, fait briller à ses yeux

Des blancs armés le visage odieux.

La crainte enfin pénètre dans son ame.

Mais ce n'est point pour ses jours ni pour soi

Que ce héros a tressailli d'effroi.

La mort lui plaît ; et son unique envie,

Le seul espoir qui flattait son malheur,

Le seul projet, qu'en fuyant l'incendie,

Avait formé sa muette douleur,

Etait, hélas ! de s'arracher la vie

Quand dans la tombe il aurait enfermé

De Zénida le corps inanimé.

Cette espérance à son cœur est ravie ;

Et son malheur le force à regretter

L'affreuse mort qu'il venait d'éviter.

Rien à ses yeux n'égale l'infamie

De retomber aux mains de ses tyrans,

D'abandonner aux outrages des blancs
Les restes froids d'une épouse chérie.
« Non, criait-il ! non, vous ne l'aurez pas ; »
Et tout à coup retournant sur ses pas,
Parmi les feux emportant son amante,
Il est rentré dans la chambre brûlante
Où le cruel, dans un jaloux transport,
A cette amante avait donné la mort.
Là, contemplant cette flamme ondoyante,
Qu'autour de lui roulent les aquilons,
Comme Satan dans sa fournaise ardente,
Il reparaît aux regards des colons.
Le gouverneur, qu'étonne son audace,
L'appelle en vain et lui promet sa grace :
Sédim l'entend, et son regard hautain
Ne lui répond que par un froid dédain.
Bientôt la flamme attaquant sa retraite,
A ses vainqueurs le cachant tout entier,

10.

N'offre à leurs yeux qu'un immense brasier.

Le toit ardent s'écroule sur sa tête ;

Le fier Sédim, dans les feux abîmé,

Rend sans effroi son ame triomphante ;

Et le manoir, le héros et l'amante,

Ont disparu dans le gouffre enflammé.

FIN.

Notes.

NOTES.

(Page 27 , vers 8.)

Le noir Sédim contemplait le ravage
D'un ouragan qui vengeait ses revers....

Tous les détails de ce terrible fléau ont été pris dans l'histoire et la description de la Jamaïque. « Le 7 juin 1692, disent les voyageurs du temps, un tremblement de terre détruisit des villes entières, sépara des montagnes et renversa les forêts. Le feu sortit des entrailles de la terre, des amas d'eau, des gouffres se formèrent. Les murs de Port-Royal furent renversés, l'eau de la mer couvrit les rues; quinze mille habitans y périrent, le reste se sauva dans les cavernes. Une frégate alla heurter contre les murs de la prison. Des baleines échouèrent sur la plage. Les guanas, crocodiles des Antilles, erraient sur les savanes et les rochers. Ils voyaient l'homme et ne songeaient pas à le dévorer. Le nègre était alors le plus brave, etc.

(Page 42, vers 11.)

**D'un grand empire immense capitale,
Benin s'élève; et sa splendeur royale...**

Arthus de Dantzick donne à la ville de Benin onze milles de circuit et cent mille habitans..... Toutes les rues sont droites, longues et larges, remplies de boutiques bien fournies de marchandises d'Europe et d'Afrique. Comme on ne trouve point de pierres dans le pays, les murailles sont d'argile, les toits de roseaux, de paille et de feuilles. L'architecture des principaux édifices n'est pas non plus méprisable. On en voit plusieurs qui, suivant Nyendaal, ne sont pas indignes d'un peuple plus civilisé... Les femmes entretiennent une grande propreté dans les rues, et les habitans de Benin ne le cèdent en rien, à cet égard, à ceux de la Hollande. Dapper ajoute que le roi de Benin peut mettre en un jour vingt mille hommes sur pied, et avec un peu plus de temps jusqu'à cent mille hommes. *Histoire universelle, tome 65, page 479 et suivantes.*

(Page 50, vers 9.)

Les Africains, dans leur douce indolence,
Ne rêvaient point des destins plus heureux.
Leurs goûts, leurs mœurs étaient simples comme eux.

Les habitans de Benin, disait Nyendaal, qui les avait visités en 1700, sont en général d'un bon naturel, doux et civils. On en obtient tout ce qu'on veut quand on les traite honnêtement. Si on leur fait des présens, ils en rendent le double ; et si on leur demande quelque chose qui leur appartienne, il est rare qu'ils le refusent, quand ils en auraient même besoin. Mungo-Parck a retrouvé dans les habitans de l'intérieur la même douceur et la même aménité. Nos relations n'avaient corrompu que les habitans des côtes, où le contact des Européens et les résultats inévitables de la traite ont apporté l'avarice, la cupidité, le luxe, et la soif du pillage. Rien n'est plus touchant que les détails donnés par ce dernier voyageur sur leur caractère hospitalier, sur leur attachement à leur patrie, à leur famille, et sur leur désespoir au départ des malheureux que les marchands de chair humaine vont arracher à leur paisible existence. Mungo-Parck a voyagé avec plusieurs caravanes d'esclaves; et ses récits font tressaillir de douleur et d'indignation tous ceux qui ont le bonheur de ne pas être hommes d'état. Cette espèce d'hommes est toujours en dehors de l'humanité; et s'il en est qui aient un cœur, comme Henri IV et Sully, c'est une anomalie dans l'espèce. Ils ont fait avancer par les écrivains à leurs gages que les esclaves transplantés en Amérique l'étaient déjà dans leur pays, et que leur situation en devenait meilleure. Thomas Clarkson a victorieusement réfuté ce mensonge. Il prouve d'abord que les Africains achetés par les négriers ne sont pas tous des criminels condamnés, et qu'il y a trèspeu d'esclaves en Afrique. « Cet esclavage, ajoute-»t-il, est une condition douce et supportable. C'est

» une sorte de vasselage patriarcal ; et la con-
» dition des esclaves y est préférable, sous beau-
» coup de rapports, à celle des vassaux dans le
» moyen âge. Mungo-Parck nous apprend qu'en
» Afrique des esclaves domestiques ne peuvent
» être vendus sous le bon plaisir de leurs maîtres.
» Ils mangent et vivent en leur compagnie dans
» la simplicité des premiers âges. Les maîtres et
» les esclaves travaillent ensemble, soit à la mai-
» son, soit aux champs ; et il n'y a entre eux au-
» cune distinction apparente. Les esclaves regar-
» dent leurs maîtres comme des pères de famille
» ayant sur eux l'autorité paternelle. » L'auteur
du *Cri des Africains* examine ensuite leur condition dans nos colonies; et les témoignages his-
toriques ne lui manquent point pour en établir la
différence, et flétrir les indignes auteurs d'un pareil argument.

(Page 51 , vers 16.)

Au jour fatal où l'un de vos vaisseaux ,
Nous montre au loin sa voile menaçante.

« A peine un navire négrier a-t-il jeté l'ancre ,
qu'il en sort la convoitise, l'avarice, la haine ,
la vengeance et toutes les passions funestes qui
agitent le cœur humain. L'arrivée d'un de ces
vaisseaux est un appel à tous les crimes. Alors
commencent toutes les expéditions incendiaires.
Un témoin, interrogé par le parlement britannique, a déposé que dans ces circonstances les
Africains ne sortaient jamais qu'armés. Il de-
manda à l'un d'eux pourquoi il portait des armes
sur lui en temps de paix. Sa réponse fut silen-
cieuse, mais expressive. Il montra du doigt le négrier qui était à l'ancre. Les Européens ont poussé
l'audace et la perversité jusqu'à enlever eux-
mêmes les habitans , quand ils ont pu le faire sans

danger et sans crainte de représailles. » *Thomas Clarkson, Cri des Africains, pages 9 et 11.*

(Page 60, vers 7.)

Les durs anneaux d'une barre d'acier
Serraient mes pieds, et les nœuds d'un collier,
Contre le bord avaient fixé ma tête.

Tout Paris a vu les fers que M. le baron de Staël a rapportés de Nantes, et le plan des entre-ponts d'un vaisseau négrier chargé d'esclaves. L'imagination recule épouvantée quand on pense que depuis trois cents ans soixante millions d'hommes ont été condamnés à ces tortures par des brigands qui se disent chrétiens; et la philosophie demande si c'est en Afrique ou en Europe qu'habitent les sauvages. Ajoutons que ces fers et ces vaisseaux se fabriquent dans une jolie ville de France, que les fabricans de ces instrumens de servitude

ne les cachent pas plus aux agens de l'autorité,
qu'ils ne les ont cachés à M. de Staël; et qu'il
paraît singulier d'armer des frégates pour courir
après les négriers dans l'immensité de l'Océan,
quand on les laisse construire et armer à cent
lieues du télégraphe qui domine le faîte de l'an-
cien garde-meuble.

(Page 63, vers 4.)

Au sein des flots furent précipités
Ces malheureux...

Le Rôdeur, navire français, sorti du Havre le
14 janvier 1819, et de la rivière de Bonny le 6
avril suivant, a fourni un exemple récent de cet
acte de barbarie. Une effrayante ophthalmie se
manifesta parmi les esclaves dont le négrier était
chargé. Trente-neuf perdirent entièrement la
vue; et l'équipage les jeta à la mer pour ne pas

11.

être forcé de nourrir des malheureux qu'il n'aurait pas pu revendre. Ce fait *du dix-neuvième siècle*, cité en Angleterre par Thomas Clarkson et à la tribune de nos pairs par le duc de Broglie, a été consigné pour la première fois dans la Bibliothèque ophthalmologique des docteurs Guillié, Dupuytren et Pariset.

(Page 64, vers 10.)

Un fer rougi, dans mes chairs enfoncé,
Me fit sentir que le nom de mon maître,
Sur mon épaule était déjà tracé.

« Ils se servent pour étamper les nègres, d'une lame d'argent mince, tournée de façon qu'elle forme leur chiffre. Elle est jointe à un petit manche pour la pouvoir tenir, et comme ces chiffres ou lettres se pourraient rencontrer les mêmes en plusieurs habitans, ils les appliquent en différens endroits. On fait chauffer l'étampe ; la chair s'enfle, et quand l'effet de la brûlure est passé, la marque reste imprimée sur la peau sans qu'il soit possible de l'effacer jamais. Ce supplice se renouvelle toutes les fois qu'un nègre est vendu et revendu. » *Voyage aux îles de l'Amérique, édition de 1722, tome 5, page 255.*

(Page 65, vers 11.)

Mais des colons l'avare indifférence,
Nourrit à peine un peuple malheureux...

Le même voyageur dit qu'en 1701 on ne donnait aux nègres que des patates. Une foule d'autres assurent que ces esclaves sont si mal nourris qu'on les voit déterrer, dans les immondices, des rogatons et des os dont ils font du bouillon après les avoir broyés. Quant à leur habitation, tout le monde s'accorde à dire que les chiens de nos riches fermiers sont mieux logés que les nègres.

(Page 67, vers 11.)

Sulton brûlait de ces feux dévorans
Que le tropique allume dans nos sens.

« Ceux qui ont cherché les causes de ce goût pour les négresses, qui paraît si dépravé dans les Européens, en ont trouvé la source dans la nature du climat, qui, sous la zone torride, entraîne invinciblement au physique de l'amour, dans la facilité de satisfaire sans contrainte et sans assiduité ce penchant insurmontable, dans un certain attrait piquant de beauté qu'on trouve bientôt dans les négresses, quand l'habitude a familiarisé les yeux avec leur couleur, etc.

Raynal, Histoire philosophique, t. 4, p. 234.

(Page 89, vers 8.)

D'un fouet armé de pointes meurtrières,
Deux bras nerveux font siffler les lanières.

Le fouet est la punition habituelle des nègres. On leur met le dos en sang. On dépouille les chairs de la peau ; on jette du poivre pilé et du sel dans les blessures ; on y fait fondre et tomber goutte à goutte du plomb ou de la cire à cacheter : et l'on s'étonne que leurs vengeances soient si terribles !

(Page 93, vers 11.)

Je pris la hache à mon bras présentée,...

« La même organisation qui les soumet à la servitude par la paresse de l'esprit et le relâche-ment des fibres, leur donne une vigueur, un courage inouïs pour un effort extraordinaire ;

lâches toute leur vie, héros dans un moment.
On a vu l'un de ces malheureux se couper le
poignet d'un coup de hache, plutôt que de ra-
cheter sa liberté par un vil ministère, en servant
de bourreau.» *Raynal, tome 4, page 220.*

(Page 94, vers 13.)

Il vaudrait mieux les exterminer tous,
Répond un autre...

« Quelquefois on voit des mères, désespérées
par les châtimens que la faiblesse de leur état oc-
casione, arracher leurs enfans du berceau pour
les étouffer dans leurs bras, et les immoler avec
une fureur mêlée de vengeance et de pitié, pour
en priver des maîtres barbares.» *Raynal, p. 230.*

(Page 95, vers 13.)

Ils n'attendaient pour signaler leur rage,
Que le renfort des nègres vagabonds...

Lorsqu'en 1655, les Espagnols furent obligés de céder la Jamaïque à l'Angleterre, ils y laissèrent un grand nombre de nègres et de mulâtres, qui, las de leur esclavage, réfugièrent leur indépendance dans les montagnes Bleues ou du Léeuvard. Ils s'y donnèrent des lois, fondèrent une ville du nom de Nauny, et en cultivèrent les vallées. Cette contrée, où les blancs les ont vainement poursuivis, est devenue le refuge de tous les nègres qui peuvent échapper à leurs maîtres; et les irruptions de ces *marrons* ont souvent porté la désolation et le ravage dans cette riche colonie. Le gouverneur Delaunay, désespérant de les soumettre, reconnut, en 1739, l'indépendance de leur tribu, à condition qu'ils ne donneraient plus asile aux déserteurs; mais ils connaissent trop bien la déplorable situation de leurs frères, pour leur refuser la liberté dont ils viennent réclamer le partage. » *Hist. univ.*, *tome* 65, *page* 507 *et suiv.*

(Page 49, vers 16.)

Un caraïbe avait suivi leur trace.
Ils descendaient de ces Américains...

« Les Caraïbes ont été, après les habitans d'Haïti, les premières victimes des Espagnols. Ils possédaient les petites Antilles au moment de la découverte; mais les savans, qui ont la manie de ne pas vouloir que chaque terre produise son monde, leur cherchent une origine sur le continent américain. Cette espèce d'hommes est, pour la couleur, une race intermédiaire entre les blancs et les nègres. On a beaucoup parlé de leur férocité; et les égorgeurs de leurs peu-

plades les ont accusés d'avoir mangé six mille
hommes de Porto-Ricco en douze années.
M. Moreau de Jonnès, qui a fourni, en 1819,
au *Journal des Voyages*, une notice sur cette
nation, prétend qu'ils ont abandonné cet usage,
et qu'ils se bornent à boucaner les membres de
leurs prisonniers. Nous avons d'eux des répon-
ses fort sensées aux usurpateurs de leur terri-
toire; elles attestent à la fois leur sagesse, leur
apathie et leur intelligence; mais les assassins
que l'Europe leur a envoyés, ne leur ont pas
donné le temps de nous prouver qu'ils étaient
susceptibles de civilisation. A l'époque où j'ai
placé l'action de mon poëme, le passage des Espagnols n'avait laissé à la Jamaïque que six fa-
milles de Caraïbes. Trente ans plus tôt, en 1758,
les Français les avaient chassés de la Martinique,
dont ils leur avaient long-temps disputé la domi-
nation; et ils s'étaient réfugiés aux îles de Saint-
Dominique et de Saint-Vincent, où, suivant

M. de Jonnès, ils pouvaient encore, en 1660, réunir six mille combattans. Les Anglais, dont la *philantropie* aime beaucoup les peuples qui se soumettent à leurs caprices, ne trouvèrent point cette docilité dans les Caraïbes, et ils se chargèrent d'en exterminer le reste. Leur population n'était plus, en 1732, à la Dominique, que de neuf cent trente-huit individus; et ce même nombre y existait encore en 1763, époque où les Anglais les en chassèrent. Graces à la protection de la France, ils obtinrent pour asile une moitié de l'île Saint-Vincent, dont le pavillon britannique dominait l'autre ; et six à sept mille Caraïbes s'y trouvèrent réunis. Mais les violences et les trahisons que les historiens même de l'Angleterre reprochent à leurs compatriotes, ayant exaspéré cette nation courageuse, et sa reconnaissance pour nous l'ayant jetée dans notre parti pendant les guerres d'Amérique et de la révolution, le cabinet de Saint-James prononça leur arrêt de mort. Ils luttèrent en vain contre six mille Anglais avec une valeur héroïque ; la discipline triompha du courage et du désespoir. Une grande partie de ces malheureux fut déportée dans une île déserte où ils périrent pour la plupart de faim et de misère. Le reste se réfugia sur le continent, où les Espagnols, plus humains que leurs ancêtres, lui permirent de s'établir. La province de Guatimala est maintenant la patrie des faibles débris d'une nation que le glaive européen a poursuivie pendant trois siècles ; et l'histoire remarquera que l'Angleterre a porté le dernier coup aux hommes à face cuivrée, au moment où elle se passionnait pour les hommes à face noire ; et que les anciens maîtres des Antilles n'ont trouvé le repos que dans les bras d'un peuple qui avait commencé leur destruction.

(Page 8, vers 108.)

Je vais te rendre aux champs de tes aïeux.

Les nègres ne conçoivent pas de bonheur céleste au-dessus de l'idée de revoir leur patrie, où ils croient retourner après leur mort. C'est la seule consolation de leur exil, c'est ce qui mêle tant de joie aux tourmens de leur agonie. Le mourant est embrassé par ses amis, qui le chargent de recommandations pour leurs parens. Ils l'ensevelissent avec des démonstrations d'allégresse; les hommes battent du tambour, les femmes agitent des sonnettes. Ce n'est point le trépas d'un homme qu'ils célèbrent, c'est la délivrance d'un esclave.

(Page 108, vers 13.)

. . . . Et son glaive barbare,
Tombe et s'enfonce au cœur de Zénida.

Ce fait appartient à l'époque où les Anglais

s'emparèrent de la Jamaïque. Un nègre, dont la femme avait été violée par un Espagnol, et qui l'apprit d'elle-même, la poignarda en l'embrassant et lui disant qu'il ne pouvait plus vivre avec une femme déshonorée. Il passa aux Anglais et servit sous le colonel Doyley avec un courage héroïque. (*Description de la Jamaïque.*) Je demandais à ce sujet quelques explications au colonel Frémont, un des envoyés de la république d'Haïti. Il me fit sur la jalousie des nègres et de tous les peuples en général, un raisonnement que n'aurait point désavoué le plus éclairé de nos moralistes : « La jalousie, me dit-il, va toujours croissant du nord au midi; et plus on approche de l'équateur, plus cette passion devient et doit devenir terrible. On nous a accusés, poursuivit-il, d'avoir une grande indifférence pour la fidélité de nos femmes et la vertu de nos filles. Que pouvions-nous faire? Si nous avions eu la force d'empêcher ces atteintes journalières portées à notre honneur, nous aurions eu celle de nous affranchir. C'était une des mille vexations que notre situation politique nous obligeait à supporter ; mais, si nous avons montré tant de férocité dans nos vengeances, c'est que chacun de nous avait à punir le suborneur de sa femme, de sa sœur ou de sa fille. » Cette réponse m'a tellement frappé, que je ne crois pas y avoir changé une syllabe ; mais j'y ajouterai quelques mots. La femme est un être faible qui a besoin de protection, et ce besoin est une des premières causes de la facilité que les blancs ont à séduire ces malheureuses esclaves. Les voyageurs qui nous ont appris le peu que nous savons sur l'Afrique, n'ont pas trouvé plus de corruption en ce genre, qu'un habitant de Tombouctou n'en trouverait de Pétersbourg à Madrid ; et les historiens de nos Antilles attestent que les négresses sont ordinairement d'une fidélité exemplaire envers les maîtres dont elles

partagent la couche. Il en est même qui les ont
garantis des révoltes et des conspirations tra-
mées par les esclaves. Pourquoi seraient-elles
moins fidèles à leurs compatriotes, s'ils étaient
libres et en état de les protéger?

FIN.

Librairie de Ponthi...

ALEXANDRE I, *Empereur de toutes les Russies : esquisse de sa vie et des événemens les plus importans de son règne, accompagnée de notes et de pièces justificatives*, par ALPHONSE RABBE, 2 volumes in-8. Portrait et un plan de Taganroc.

ATLAS DES ROUTES DE LA FRANCE, *ou Guide des voyageurs dans toutes les parties du Royaume*, dressé par A. M. PERROT, 1 volume in-12, colorié et cartonné. Prix 13 francs.

SOUVENIRS ET MÉLANGES LITTÉRALS, **POLITIQUES ET BIOGRAPHIQUES**, par de ROCHEFORT, 2 volumes in-8. Prix 14 fr.

SAINTE-PERINE, *Souvenirs contemporains*, par M. VALERY, conservateur des bibliothèques particulières du Roi. 1 volume in-12. Prix 4 fr.

HISTOIRE DES EXPÉDITIONS MARITIMES DES NORMANDS *et de leur établissement en France au sixième siècle*, par DEPPING, ouvrage couronné en 1822 par l'Académie Royale des Inscriptions et Belles-Lettres. 2 volumes in-8. Prix 12 francs.

HISTOIRE DE LA VIE ET DES OUVRAGES DE MOLIÈRE, par J. TASCHEREAU, 1 volume in-8, avec Portrait et *fac simile*. Prix : 7 francs 50 centimes.